KB018932

기억을 넘어
너에게 갈게

양은애 장편소설

기억을 넘어 너에게 갈게

일러두기

이 책은 국립국어원의 표준국어대사전을 따랐으나, 노래 가사 등 일부 표현은 관용적으로 굳어진 표현을 존중했다.

차례

* 프롤로그

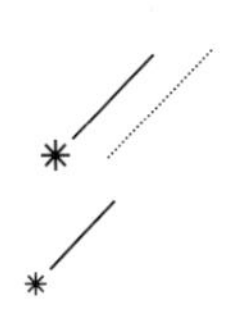

어둠은 우리를 혼란스럽게 만든다. 분명 낮에는 알았던 길도 어두운 밤에는 모르는 낯선 길이 된다.

이제 여덟 살이 된 준서 역시, 낮에 엄마와 함께 걷던 이 길이 무섭고 낯설기만 하다. 분명 이쪽으로 가면 할아버지 댁이 나왔던 것 같은데, 지금은 걸어도 걸어도 같은 길만 나오고 있다. 길가에 선 코스모스가 바람에 하늘하늘 흔들리지만 준서의 눈에는 들어오지 않는다. 뺨을 타고 흐르는 땀이 바람에 서늘하게 느껴졌다.

"어디 가니. 나랑 같이 가자."

준서를 더욱 무섭게 만드는 건 바로 이 목소리였다. 아까부터 준서의 뒤에서 들려오는 낮고 섬뜩하고 음울한 목소리. 자꾸 속삭이며 유혹하듯 부르는 목소리. 준서는 그 소리가 듣기 싫은 듯 귀를 막고 앞으로 향했다.

"어차피 가 봤자 엄마한테 혼나. 이렇게 늦게 다니면 안 된다고 했잖아."

엄마, 라는 말에 준서의 다리가 멈췄다. 문득 뒤를 돌아본 준서는 자신을 따라오던 그림자가 점점 길어지고 짙어져 자기 뒤에 우뚝 서 있는 걸 보게 됐다. 그림자는 어느새 준서의 키만큼 커졌다. 다시 낮은 목소리가 속삭였다.

"너 저번에 엄마랑 약속했잖아. 이렇게 늦으면 앞으로 네가 좋아하는 만화책 다시는 못 본다고. 지금 가면 엄마가 그 책들 다 버렸을걸?"

준서는 겁에 질린 표정으로 그림자를 바라보았다. 그림자는 준서의 키를 넘어설 정도로 계속 커지고 있었다. 마치 풍선이 부풀듯이 커지는 몸집.

하지만 준서는 자기 눈앞에서 커지는 그림자보다 더 무서운 것이 있었다. 엄마. 화난 엄마. 날 이해하지 못하는 엄마. 나에게 실망한 엄마. 내 마음을 모르는 엄마.

"엄마는 맨날 자기 맘대로야. 그치? 네가 만화를 얼마나 좋아하는지도 모르잖아. 그러면서 무조건 못 보게 하고 틈만 나면 뺏으려고 하고……."

준서는 멍하니 자신의 그림자를 보며 자기도 모르게 고개를 끄덕였다.

"맞아… 엄마는 맨날 공부만 하라고 해. 지금 집에 가면… 분명히 혼날 거야."

준서의 말에 그림자는 힘을 얻는 듯 점점 더 커지기 시작했다. 커다란 그림자 사이로 날카로운 이빨이 보였다.

"그러니까 나랑 같이 가자. 나랑 가면 네가 하고 싶은 거 실컷 할 수 있어. 만화도 보고 먹고 싶은 것도 먹고, 하기 싫은 일은 억지로 하지 않아도 돼."

준서는 겁에 질린 얼굴이지만 그림자에게서 눈을 떼지 못했다. 그림자의 속삭임에 홀린 듯, 자신을 감싸고 있는 그림자를 계속해서 주시했다. 그림자는 이제 준서보다 다섯 배는 더 커진 모습이다. 준서를 감싸 안을 수 있을 만큼 거대해졌다.

준서는 자신을 감싼 그림자가 조금씩 더 가까이 다가오는 것을 깨달았다. 검은 감옥 속에 갇히는 기분이 들기 시작한 그때,

"거기 누구 있소?"

낯선 노인의 목소리가 준서의 뒤편에서 들렸다. 준서가 놀라 뒤를 돌아보자 키가 작은 노인 하나가 지팡이를 짚고 어둠 속에서 서서히 몸을 드러냈다.

"아가, 여기서 뭐 하는 거냐?"

걱정하는 듯한 따뜻한 목소리에 준서는 자기도 모르게 울컥하

고 눈물이 나오기 시작했다.

"놀다가 길을 잃었어요……."

노인은 훌쩍이는 준서에게 다가가 작은 손으로 준서의 어깨를 다독였다.

"이렇게 늦게 돌아다니면 위험해. 그러다가 어둑서니 만난다."

"어둑서니요?"

눈물을 닦으며 눈을 동그랗게 뜨고 노인을 바라보는 준서. 그 모습에 노인은 허허 웃으며 말을 이었다.

"그래. 어두울 때 나타나서 사람을 어디론가 데려가는 못된 귀신이 있어."

준서는 문득 생각난 듯 낮은 속삭임이 들렸던 쪽으로 고개를 돌렸다. 아까까지 자신을 덮치려 했던 그림자는 온데간데없고 작은 자신의 그림자만 덩그러니 있을 뿐이었다.

준서가 어리둥절해 있는 사이 먼 곳에서 목소리가 어렴풋하게 들리기 시작했다. 무슨 소리인지 귀를 기울이자 준서는 그것이 자신을 부르는 소리라는 것을 깨달았다.

"준서야!"

어둠 속에서 목이 터져라 준서의 이름을 부르는 엄마의 모습이 나타났다. 준서는 반가운 마음에 엄마에게 한달음에 달려가 안기려고 했다. 하지만 문득 아까 어둠 속에서 들었던 그림자의 말이 떠올랐다.

“어차피 가 봤자 엄마한테 혼나. 이렇게 늦게 다니면 안 된다고 했잖아.”

엄마가 자신을 찾기 위해 저렇게 뛰어다녔으니 이제 남은 건 자신을 혼내는 일뿐이라 생각하는 준서. 반가운 마음과 혼이 날까 두려운 마음 사이에서 준서는 앞으로도 뒤로도 가지 못한 채 마치 다시 길을 잃은 아이처럼 그 자리에 우두커니 서 있었다.

준서를 발견한 엄마는 헉헉 대는 숨을 몰아쉬며 준서 앞으로 달려왔다. 준서는 차마 고개도 들지 못한 채 잔뜩 움츠러들었다.

‘분명 엄마가 혼낼 거야, 화를 낼 거야… 집에서 쫓아낸다고 하면 어쩌지…….’

하지만 곧이어 엄마의 따뜻한 품에 안긴 준서는 예상치 못한 엄마의 행동에 당황했다.

“엄마?”

“어디 갔었어! 한참 찾았잖아. 진짜 너… 잃어버린 줄 알고 얼마나 걱정했는데.”

엄마의 목소리는 컸지만 그 안에는 꾸짖음보다 걱정이 더 많이 담겨 있었다. 엄마의 마음을 느낀 준서는 그제야 마음이 놓였는지 “엄-마” 하고 울음을 터뜨렸다.

“다친 덴 없어? 어디 갔었던 거야?”

준서는 북받치는 감정을 주체하지 못한 채 울먹거리는 말투로 겨우 대답했다.

"아까 집에 오다가… 흑흑… 길을 잃어버렸는데… 할아버지가 구해 줬어……."

"할아버지? 무슨 할아버지?"

"저기……."

준서는 손가락으로 아까 자신을 불렀던 할아버지를 가리켰지만 그곳엔 아무도 없었다. 당황한 준서의 눈이 커졌다.

"어? 아까 분명 귀신도 쫓아 주고 위험하다고 말도 해 줬는데……."

어리둥절한 아이를 보던 엄마는 무언가가 떠오른 듯 이내 미소를 지었다.

"준서 너… 도깨비에 홀렸나 보다."

"도깨비?"

"그래. 엄마 어릴 때는 밤늦게 돌아다니다가 도깨비도 만나고 했거든. 엄마가 말했잖아. 여기 도깨비가 산다고."

"엄마도 만났어? 어떻게 생겼는데? 내가 만난 할아버지랑 비슷했어?"

"그냥… 우리처럼 생겼어, 가끔 같이 장난도 치고. 그래도 도깨비들은 사람을 좋아해서 우리가 위험한 상황에 처하면 도와주기도 하고 그래."

엄마의 말에 준서는 고개를 끄덕거리며 확신에 찬 눈으로 말했다.

"응. 아까 검은 그림자도 나를 막 잡아먹으려고 했는데 그 할아버지가 구해 줬거든."

"거봐, 엄마가 그랬지? 너무 늦게 다니면 위험하다고."

하지만 이내 엄마의 단호한 어투에 준서는 잠시 시무룩해졌다.

"죄송해요……."

"무사하니 다행이야. 얼른 집에 가자. 아빠랑 할머니, 할아버지도 다 걱정하신단 말야."

컴컴한 주위를 둘러보던 엄마는 집에 가기 위해 준서의 손을 잡아끌었다. 그러나 준서는 불안한 듯 엄마의 손을 당기며 따라가지 않으려는 듯 멈춰 섰다. 갑자기 태도를 바꾼 준서의 모습에 의아한 엄마가 물었다.

"준서야?"

"엄마… 만화책… 안 버릴 거지?"

준서는 아까 그림자 귀신이 했던 말을 떠올렸다. 집으로 돌아가면 이제 다시는 자신이 좋아하는 걸 할 수 없을 것 같았다. 그 말에 엄마는 피식 웃었다.

"너 그거 때문에 집에 안 들어오려고 한 거야?"

"엄마가… 맨날 공부하라고만 하구… 말 안 들으면 만화책 버린다고 하구 그러니까……."

잠시 진정됐던 준서의 감정이 다시 격앙되기 시작했다. 준서의 어깨가 들썩거렸다.

"내가 제일 좋아하는 건데… 너무 무서워서… 집에 갔는데 만화책도 하나도 없고 나도 혼나면……."

으앙 하고 터져 버린 준서의 울음에 고요한 산속이 다시 울리기 시작했다. 엄마는 말없이 준서를 끌어안고 조심스레 토닥였다.

"엄마한테 혼나는 게 무서워서 이 어두컴컴한 데 서 있던 거야? 엄마가 귀신보다 더 무서웠구나… 엄마가 미안해. 앞으로는 준서 물건 함부로 버린다고 하지 않을게."

엄마의 말에 준서는 코를 훌쩍이며 고개를 들었다.

"진짜?"

"안 버려. 하지만 이번에 너도 알았지? 어두운 밤이 얼마나 무서운지."

그제야 준서는 고개를 끄덕이며 웃었다. 엄마의 손을 잡고 길을 걷는 순간 준서는 더 이상 두려움을 느끼지 않았다. 자신의 손과 손으로 연결된 엄마의 얼굴을 물끄러미 올려다보는 준서. 분명 하늘엔 달밖에 없고 여전히 어둠에 잠긴 길이지만 아까 느꼈던 무서웠던 마음은 사라지고 바람에 흔들리는 코스모스 꽃들이 달빛을 받아 아름답게 보였다.

손을 잡고 가는 준서와 엄마의 뒷모습을 누군가 바라보았다. 바로 아까 준서를 도와주었던 노인이었다. 두 사람의 모습을 흐뭇한 표정으로 지켜보던 노인 옆으로 검은 그림자가 드리우기 시작했다.

음산한 기운을 느낀 노인은 자기 옆에서 모습을 드러내는 어둑서니를 별 감흥이 없다는 듯 덤덤하게 바라보았다. 어둑서니가 입을 뗐다.

"누가 날 방해하나 했더니 도깨비였군. 다 된 밥에 재를 뿌리다니, 팥죽 맛 좀 보여 줄까?"

어둑서니의 그림자는 땅에 바짝 붙어 지팡이 도깨비를 위협하듯 어른거렸다. 그런 어둑서니가 하나도 무섭지 않은 듯 지팡이 도깨비는 지팡이로 툭툭 그의 그림자를 건드렸다.

"어디 형체도 없는 그림자 주제에 말이 많아? 그러길래 누가 남의 집 앞에서 그러래?"

"하여튼 도깨비란 것들은 상종도 못 할 놈들이야."

"엄한 김서방 잡지 말고 착하게 살어. 심보가 그러니까 네가 그림자밖에 못 되는 거 아냐."

"뭐라고?"

발끈한 어둑서니가 검은 그림자를 커다랗게 늘리며 길을 비추던 달빛을 가렸다. 그러면서 당장이라도 도깨비를 덮칠 것처럼 몸을 부풀렸지만 눈 하나 깜짝하지 않는 지팡이 도깨비는 되려 지팡이를 휘두르며 어둑서니를 위협했다.

"어디 김서방들한테나 통할 짓을 나한테 하는 거야? 지팡이 맛 좀 볼텨?"

지팡이 도깨비가 지팡이를 휘젓자 어둑서니의 그림자는 사방으로 흩어지더니 이내 어디론가 사라졌다. 어둠이 가리고 있던 길은 다시 달빛으로 환해졌다.

"헹, 무서워서 내빼는 꼴 좀 보게."

지팡이 도깨비는 문득 시골길을 바라봤다. 달빛과 별빛을 받으며 흔들리는 코스모스가 보였다. 고개를 들어 하늘을 보니 환한 달이 시골 마을 전체를 아늑하게 비추고 있었다.

예전부터 사람들 사이에서 이곳을 칭하는 말이 있었다. 도깨비 언덕. 언덕 밑으로 작은 도깨비불 하나가 일렁이며 움직였다.

* 기억을 넘어 너에게 갈게

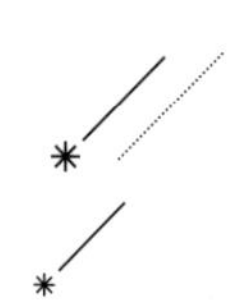

1.

한적한 시골에 고급 승용차 한 대가 울퉁불퉁한 길을 달리고 있었다. 길옆으로는 네모진 논과 밭이 보이고 쓰러져 가는 비닐하우스의 모습들도 보였다.

대략 삼십 대 중반으로 보이는 주영은 운전석에 앉아 핸들을 제어하느라 진땀을 빼고 있었다. 대충 묶은 주영의 머리가 흔들리는 차와 함께 달랑거렸다. 이렇듯 평소에는 화장도 잘 하지 않고 수수한 차림의 주영이지만, 일을 할 때만큼은 전혀 다른 분위기를 풍겼다. 직장에서 주영은 완벽주의자였고 빈틈없는 사람이었다. 하지만 가정에서의 주영은 늘 자신이 없고 허둥지둥하는 사람이었다. 어쩌면 두 시공간의 격차가 주영을 가장 힘들게 하는 원인이기도 했다.

덜컹거리는 핸들을 부여잡던 주영은 우리나라에 아직도 이렇게 포장이 제대로 안 된 도로가 있다니, 그것이 나의 고향이라니, 하며 놀라울 따름이었다.

주영은 뒷좌석 카시트에 얌전히 앉아 두꺼운 담요를 꼭 끌어안고 있는 수인을 흘긋 돌아보았다. 이제 내년이면 학교에 갈 나이가 된 수인이 아직도 아기처럼 애착이불을 끌어안고 있는 모습이 주영은 영 못마땅했다.

"덥지 않아? 양 이불은 그만 내려놓지?"

최대한 절제하는 통에 하고 싶은 말은 반의반의 반도 못 했다고 생각하는 주영이었지만 그 말을 들은 수인은 반항하듯 되려 이불을 더욱더 세게 끌어안았다. 두 사람 사이의 냉랭한 분위기가 차 안에 가득했다.

이제 일곱 살답게 수인은 양 갈래로 곱게 묶은 머리를 배배 꼬며 불만스럽다는 표정이었다. 언뜻 보면 또래의 아이들처럼 마냥 해맑고 활달한 것처럼 보이지만 사실 수인의 얼굴엔 약간의 그늘이 있었다. 혼자 있는 시간이 많은 탓에 누군가와 감정을 공유할 시간이 부족했던 것일까, 수인은 보통의 일곱 살짜리 아이들처럼 수다스럽지 않고 입이 무거웠다.

하지만 주영은 무척이나 어른스러운 수인을 보고도 또래 아이들에 비해 순진하다고 여기고 있었다. 수인은 수인대로 자신을 마냥 아기로만 보는 엄마 주영에 대해 불만이 많았다.

자신을 못마땅하게 생각하는 주영의 시선을 의식한 듯 이불을 한껏 끌어안은 채 바깥 창문에서 시선을 떼지 않는 수인을 보며 어쩔 수 없다는 듯 고개를 절레절레 젓는 주영. 이들은 항상 이렇게 자잘한 기싸움으로 서로에 대한 피로감이 누적되어 있었다.

수인은 창밖으로 고개를 내밀고 시골 전경을 바라보았다. 논과 밭이 거의 전부인 창밖 풍경은 가을이라 모든 것이 알록달록 물들어 있었다. 하지만 바깥 풍경에 퍽 관심이 있어서 보는 것은 아니었고, 엄마인 주영에게 불만스러운 마음에 시위하듯 고개를 돌리지 않는 것이었다.

한참을 말없이 가던 주영은 수인의 관심을 돌리기 위해 애써 말을 걸었다.

"어때, 이 동네 이쁘지? 아파트에서 살던 때랑 다르게 여긴 동물도 많고 공기도 좋고 재밌는 게 더 많을 거야. 수인이가 좋아하는 개도 키울 수 있어."

"아파트에서도 짱이랑 같이 살았는데 뭐……."

갑작스러운 짱이라는 이름에 주영은 움찔했다. 수인이 어린 시절부터 키웠던 강아지 짱이는 1년 전 교통사고로 죽었지만 수인이 받을 충격을 생각해서 아직 말하지 못하고 있던 비밀 중 하나였기 때문이다. 주영은 언젠가 수인이 크면 말을 해 주겠다고 생각했지만 사실 죽음에 대한 이야기를 하는 것은 주영 개인적으로도 무척 어려운 문제였다.

"짱이는… 음… 작은 개니까 그렇지… 여기서는 큰 개도 키울 수 있어. 수인이 너, 큰 개 키워 보고 싶다며. 여기서 같이 키울까?"

"아니… 짱이 보고 싶어."

또다시 핀트가 맞지 않는 대화에 주영은 욱하는 성질이 올라오는 것을 억눌렀다.

"수인아… 짱이는 먼 데 갔다고 했잖아……."

"그래서 못 봐?"

"그치… 못 봐……."

"왜? 왜 안 와?"

"돌아올 수 없는 데로 갔으니까……."

계속 반복되는 의미 없는 대화에 수인은 고개를 푹 숙였다. 주영도 수인과의 대화가 피로하다고 느꼈는지 입을 다물었다.

"…그럼 아빠는? 아빠도 못 봐?"

핸들을 잡은 주영의 손이 미끄러져 하마터면 논두렁으로 차가 빠질 뻔했다. 놀란 가슴을 쓸어내린 주영은 다시금 핸들을 꽉 잡은 채 수인에게 어떻게 대답해 줘야 할지 고민에 빠졌다.

"아빠를 왜 못 봐… 음… 짱이는 못 보지만 아빠는 수인이가 보고 싶을 때 언제든 볼 수 있어."

"근데 왜 아빠는 우리랑 같이 안 가?"

이어지는 수인의 질문에 주영은 정신이 아득해졌다. 수인에게 어떻게 말해 줄 수 있을까, 주영은 현재 남편 대준과 이혼을 준비 중이라는 사실을. 그리고 그 때문에 지금 수인을 보살펴 줄 할아버지가 계신 시골 촌 동네로 오게 되었다는 사실을.

주영은 현재 남편 대준과 이혼 준비 중에 있다. 그것이 수인을 위한 최선의 선택이라 생각했다. 해가 지날수록 대준과의 다툼은 심해졌다. 아이에게 매일같이 싸우는 모습을 보여 주느니 이혼을 하고 떨어져 잘 지내는 것이 훨씬 더 안정감을 주지 않을까 하는 생각에 주영이 대준에게 먼저 이혼을 요구했다. 대준은 아직 어린 수인을 생각해서 이혼을 할 수 없다는 입장이었다.

하지만 이 모든 것을 일곱 살밖에 되지 않은 수인에게 이야기하는 것은 무리라 생각하는 주영이었다.

"어… 그러니까 수인아, 네가 어려서 아직 잘 모르겠지만 엄마랑 아빠는 우리 수인이를 위해 가장 좋은 일이 따로 있다고 생각한 거야. 그래서……."

"난 아빠랑 같이 있고 싶은데."

"수인아. 네가 아직은 다 이해를 못하겠지만 좀 더 크면 알게 될 거야."

"…나도 알 건 다 알아."

"다 알긴……."

주영은 습관적으로 혀를 쯧 하고 찼다. 수인은 주영의 그 습관을 제일 싫어했다. 주영이 마음이 불편할 때마다 하던 습관인 것을 알기 때문이었다.

수인은 결국 주영에게서 고개를 돌려 다시 창밖으로 시선을 옮겼다. 주영은 수인의 마음을 풀어 주기 위해 운전을 하면서 계속 말을 걸어 봤지만 단단히 입을 닫은 수인은 고개도 돌리지 않은 채 뒤통수만 보였다.

모녀 사이에 또 정적이 이어졌다. 주영은 자신도 모르게 한숨을 내뱉었다.

주영은 늘 수인과의 대화가 어려웠다. 잘 풀리는 것 같다가도 어느새 삐쳐 버린 수인을 보게 되었다. 아이와의 대화를 어떻게 이어 나가야 하는지 도통 알 수가 없었다. 어쩌면 이 모든 건 어릴 때 돌아가신 엄마와 대화를 많이 해 보지 못한 탓인가 싶어 애꿎게 엄마를 원망해 본 적도 있다. 엄마로서의 대화란 무엇일까, 주영에겐 수인과의 대화가 늘 어려운 숙제 같았다.

창밖만 보던 수인에게 갑자기 요상하게 움직이는 낯선 불빛이 눈에 띄었다. 잘못 봤나 싶어 눈을 비비고 다시 창밖을 내다보는 수인. 하나였던 불빛 옆으로 또 다른 불빛이 날아들었고, 그렇게 여러 개가 되더니 이내 수인이 타고 있는 자동차 위로 올라가 마치 따라오는 듯 움직이기 시작했다. 시야에서 빛들이 사라지자 수인은 급하게 창문을 열고 고개를 내빼서 불빛들을 쫓았다.

"수인아, 위험해! 창문 닫아. 먼지도 다 들어온단 말이야."

수인은 다급한 주영의 외침에도 아랑곳하지 않고 자신을 따라오는 불빛들을 바라보았다. 말은 하지 않지만 불빛들이 자신에게 환영의 인사를 하고 있다고 느꼈다.

담이 높게 있는 시골집이 보였다. 주변엔 집 한두 채와 밭밖에 없고 다른 집들은 한참 건너가야 하는 곳. 집 앞에 있는 작은 흙마당에 선 기중의 모습이 보였다. 염색을 하지 않아 머리가 희끗하지만 얼굴은 또래보다 젊어 보이고 주름도 적은 편이다. 따가운 뙤약볕 아래에서 농사를 짓느라 까무잡잡해진 피부는 오히려 건강하게 보였다.

갑작스러운 전화였다. 수인을 데리고 고향 집에 오겠다는 주영의 연락에 기중은 놀라지 않을 수 없었다. 고향 집을 떠난 지 몇 년 만에 돌아오는 주영이었다. 자신의 아내, 주영의 엄마가 세상을 떠난 뒤 부녀 사이도 많이 달라졌다고 생각했다. 주영이 아이를 낳고 수인이가 첫 돌이 되었을 때 빼고는 손녀의 얼굴조차 제대로 보지 못한 채 지나온 세월이 한창이었다. 그래도 기중은 주영에게 아무런 말도 할 수 없었다. 그런 말을 했다가 돌아오는 건 주영의 원망뿐이지 않을까 하는 우려 때문이었다. 아내의 죽음 이후 딸을 살뜰하게 챙기지 못했다는 죄책감이 늘 기중의 마음을 무겁게 했다.

마당에서 보이는 바깥 풍경이 성에 안 찼는지 기중은 아예 대문 밖으로 나와서 서성였다. 그때 멀리서 주영의 자동차가 먼지바람을 일으키며 달려오는 게 보였다. 반가움과 걱정스러움에 기중은 한참을 고민하다 어색하게 손을 흔들었다.

주영의 차가 익숙한 듯 집 앞 공간으로 들어왔다. 차를 세우자 수인은 어색한지 차 문을 열고 쭈뼛거리며 내렸다. 기중의 기억 속에 말도 못하던 갓난아기는 어느새 어린이가 되어 있었다. 기중은 훌쩍 커 버린 수인의 모습이 반가워 다가가 말을 걸었다.

"수인이 왔니? 멀리서 오느라 힘들었지?"

"네……."

어색한지 몸을 배배 꼬며 할아버지 얼굴을 제대로 쳐다보지 못하는 수인의 모습에 기중은 웃음이 났다. 그 옆으로 무뚝뚝하게 서 있던 주영이 기중 곁으로 슬며시 다가오자 기중은 다시 한 번 말을 붙였다.

"먼 길 오느라 고생 많았다."

"네… 아버지도 잘 지내셨죠?"

주영의 안부 인사에 기중은 고개만 끄덕였다. 어색한 부녀의 분위기. 원체 대화를 길게 해 본 적이 없는 두 사람은 더 이상 어떻게 대화를 이어 나가야 할지 방법을 알지 못했다.

주영은 어색한 공기에 우선 몸을 움직이기로 마음먹고 차에 실었던 짐들을 하나둘 내리기 시작했다. 그 모습을 본 기중이 함께 짐을 날랐다. 어른들이 짐을 옮기는 동안 할 일이 없는 수인은 할아버지의 집이 낯선지 이리저리 살펴보기 시작했다.

수인이 살던 아파트와 달리 앞마당, 뒷마당이 있는 집. 곳곳엔 창고와 비어 있는 방들이 보였고, 집과 따로 떨어져 있는 화장실을 신기한 듯 바라보았다. 뒷마당엔 작은 들꽃들과 풀들이 무성하게 자라 있었다. 옆집에서 심은 감나무의 가지가 담을 넘어 수인이 서 있는 뒷마당까지 뻗어 있었다. 수인은 탐스럽게 열린 감들을 보며 이 감의 주인은 누가 되는 걸까 궁금해했다.

그 옆 장독대 위에 있는 작은 물그릇을 물끄러미 보던 수인은 자신의 뒤로 보이는 그림자가 이상하게 움직이는 걸 발견했다. 흠칫 놀라 그림자를 뚫어져라 보는 수인. 그림자에서 빛이 갈라져 나오는 듯한 느낌이 들었다. 갑자기 그림자가 괴물의 입처럼 보이기 시작하더니 쩌억 하고 벌어졌다. 수인은 깜짝 놀라 뒷걸음질치다 엉덩방아를 찧었다. “아야” 하고 엉덩이를 문지르며 일어나 보니 괴물의 입처럼 보이던 그림자는 이미 사라지고 없었다. 수인은 자기 그림자를 발로 툭툭 밟아 봤지만 별다를 건 없었다. 착각인가 싶어 고개를 갸웃하며 집으로 들어가는 수인의 뒤쪽으로 작은 그림자가 다시 이빨을 슬쩍 드러냈다.

2.

해가 지고 어둠이 깔렸다. 시골의 어둠은 도시의 어둠보다 더 짙고 컴컴하다.

수인은 벌써부터 시골 생활이 심심하기만 했다. 주영은 일 때문에 전화를 하느라 바쁘고 텔레비전에선 수인이 좋아하는 만화 채널은커녕 뉴스밖에 나오지 않았다. 휴대폰으로 게임이라도 하고 싶은데 이곳엔 와이파이도 없었다.

이렇게까지 심심했던 적은 일곱 살 수인의 인생에서 처음이다. 심심함을 온몸으로 표현하며 거실에서 뒹굴거리던 수인은 마당 평상에 느긋하게 앉아 있는 기중을 발견했다. 평상에 앉아 조용히 부채질을 하는 기중을 본 수인은 잠시 머뭇대더니 이내 쪼르르 마당 쪽으로 향했다.

아직 더운 기운이 남아 있는 초가을이지만 시골의 밤은 좀 더 차갑고 서늘했다. 기중의 옆에선 불을 피워 둔 모기향의 연기가 조용히 위로 올라가고 있었다.

"할아버지 뭐 해요?"

마당으로 통하는 문간에 서서 빼꼼 머리만 내민 수인의 모습에 기중은 웃으며 이리로 오라고 손짓했다. 수인은 잠시 망설이다가 문을 닫고 나와 평상 위로 훌쩍 올라갔다. 서늘한 가을 바람이 기중과 수인의 머리카락을 날리며 땀을 식혀 주고 있었다.

"시원하니 좋아서 밖에 나왔지. 풀벌레 우는 소리도 듣고 저기 하늘에 별도 보고."

수인은 기중이 가리킨 하늘을 바라보았다. 수없이 많은 별들이 반짝이고 있었다. 놀란 수인은 도시보다 어둡고 서늘한 시골 하늘을 넋을 놓고 바라보았다.

"우와 진짜네. 나 별 이렇게 많은 거 처음 봐요."

수인은 평상에 대자로 누웠다. 누워서 바라보자 마치 별들이 수인을 향해 쏟아질 것 같았다.

"할아버지 동네 좋지? 별도 많고 풀도 많고… 그리고 도깨비도 많지."

장난스런 기중의 '도깨비'라는 말에 수인은 깜짝 놀라 몸을 일으켰다.

"도깨비요? 그… 뿔 달린 도깨비?"

"그래. 수인이는 도깨비 본 적 없니?"

"선생님이 읽어 주시는 책에서 봤어요. 막 커다란 방망이를 들고 다니고, 사람들을 혼내 주고 그랬는데……."

"그랬구나. 무서운 도깨비 이야기였나 보지? 근데 말이야, 도깨비는 무서운 애들이 아니야. 장난꾸러기들이지."

"장난꾸러기요?"

"그래. 할아버지 동네 도깨비들은 사람들과 친하게 지내고 싶어 하는 착한 도깨비들이야. 나중에 수인이 너도 만나 보면 알게 될 거야. 장난을 좀 많이 쳐서 그렇지 나쁜 애들은 아니거든."

"할아버지도 도깨비 본 적 있어요?"

"그럼. 할아버지도 봤고 네 엄마도 본 적 있지."

"진짜요? 엄마는 나한테 그런 얘기 한 적 한 번도 없었는데……."

"네 엄마는 벌써 잊은 거지. 도깨비랑 놀던 때를."

"그럼 도깨비는 어떻게 하면 볼 수 있어요? 나도 만나고 싶어요."

수인은 눈을 반짝이며 기중의 팔을 붙잡고 흔들었다. 기중은 수인의 머리를 살살 쓰다듬으며 말을 이었다.

"나중에, 도깨비가 말을 걸면 그때 볼 수 있단다."

수인은 기중의 말에 들뜬 기색을 보였다. 동화책에서만 보던 도깨비를 직접 만날 수 있다니. 수인에겐 꿈만 같은 일이었다. '나중에 친구들을 만나면 자랑해야지'라는 생각을 하며 수인은 고개를 들어 하늘에 뜬 별들을 바라보았다. 그러다 문득 별에서 떨어져 나온 것처럼 살랑거리는 불빛을 발견했다. 그 불빛은 마치 수인의 눈에 띄기 위한 것처럼 살랑살랑 꼬리 치듯 움직이고 있었다.

"어? 아까 엄마랑 오는 길에 봤던 불빛이랑 똑같다."

"불빛?"

"네. 아까 엄마 차를 타고 오는데 어떤 불빛이 우릴 막 쫓아왔어요."

수인은 자기 앞에서 일렁이는 불빛을 가리켰지만 기중의 눈엔 아무것도 보이지 않았다. 작은 불빛은 점점 가까이 다가와 커지는 듯하더니 수인의 눈에 활활 타오르는 도깨비불처럼 보였다. 도깨비불은 수인과 기중의 머리 위를 뱅뱅 돌더니 옆에 있는 건물로 쏙 들어가 버렸다.

"할아버지 저 건물은 뭐예요?"

"저긴……."

기중은 잠시 망설이더니 수인을 데리고 불빛이 사라진 건물로 향했다. 낡은 창고의 문을 열고 불을 켜자 켜켜이 쌓아 둔 다양한 짐들이 보였다.

"여긴 예전 물건들을 쌓아 놓은 창고란다. 할아버지가 어릴 때 썼던 짐들도 그대로 있지. 안 그래도 이 짐들을 정리해야 하는데… 여긴 정말… 오랜만이구나……."

기중은 새삼 추억에 잠긴 듯 창고 안의 물건들을 천천히 둘러보기 시작했다. 수인은 기중을 따라 창고 안 이곳저곳을 신기한 듯 살펴보았다.

"수인이 덕에 오랜만에 창고에 와 보는구나……."

주영이 어린 시절에 읽던 책부터 주영의 앨범들, 초등학교 때 썼던 학용품과 일기들도 있었다. 수인은 오래된 물건들이 신기한지 기중에게 "이건 뭐예요?" "이건 또 뭐예요?" 하며 종알종알 질문을 퍼부었다. 기중은 꺼낸 물건들을 하나하나 살펴보며 감회에 젖었다.

먼지로 가득한 창고 안의 물건들. 그 틈에서 수인은 액자를 하나 발견했다. '후' 불자 먼지가 날아가며 웃음기 없이 딱딱한 표정으로 찍은 가족사진 하나가 나왔다.

"어? 이거 할아버지예요?"

"그래, 이건 네 엄마 어렸을 때구나."

"우와, 그럼 이 아줌마는 누구예요?"

수인의 작은 손가락이 가리킨 사람을 보자 기중은 잠시 말을 잇지 못했다. 그러고는 이내 웃으며 수인의 머리를 쓰다듬었다.

"우리 수인이가 할머니 얼굴을 처음 보나… 엄마의 엄마야. 네 외할머니란다."

'외할머니'라는 말에 고개를 끄덕이며 수인은 사진 속 외할머니의 얼굴을 한참 동안 응시했다. 조금은 굳은 표정이라 무섭게 보이기도 했지만 수인은 왠지 외할머니가 친숙하게 느껴졌다.

주영은 고향 집에 온 뒤부터 휴대폰을 놓을 틈이 없었다. 회사에서 인수인계하고 온 일에 문제가 생긴 듯 업무 상담이 계속됐다. 일주일 연차를 썼지만 주영의 손이 필요한 일이 아직 남아 있었다.

아니, 사실 주영은 평소에도 휴대폰을 놓지 못했다. 주영과 대준이 자주 다투게 된 것도 사실 모두 '일' 때문이었다.

주영은 언제나 가정보다 일이 우선인 사람이었다. 가정에 소홀히 한다기보다는 일을 더 중요시했다. 주영에겐 가정도 중요했지만 회사에서의 인정과 사회적 인정이 그 무엇보다도 중요한 것이었다.

대준은 그런 주영의 생각이 못마땅했다. 주영은 오랜만에 가족과 함께하는 주말에도 일이 생기면 언제든 출근했고, 힘들게 조정해 얻은 여름휴가도 일이 생기면 언제든 포기했다. 대준은 그것이 가족에 대한 포기라 생각했다. 그러면서 가정을 유지하고자 한다는 건 대준이 보기엔 욕심이었다.

하지만 주영의 생각은 달랐다. 대준이든 수인이든 조금씩 자신을 이해해 주고 도와준다면 될 거라고 생각했다. 회사는 개인적인 사정 따윈 고려해 주지 않는, 마치 전쟁터와 같은 곳이다. 그러니 이해는 가족이 해 줘야 하는 부분 아닌가.

서로 다른 생각의 균열이 지금의 극단적인 상황까지 몰고 온 것이다. 하지만 주영과 대준, 두 사람 중 그 누구도 양보할 마음은 전혀 없었다.

기나긴 통화 끝에 업무 상담을 마무리 지은 주영은 전화를 끊자마자 바닥으로 휴대폰을 거칠게 내던졌다. 답답함에 부아가 치미는 와중에 방 안에 들어와 있는 기중을 본 주영이 깜짝 놀라 소리쳤다.

"깜짝이야! 들어오셨음 인기척이라도 내셔야죠. 귀신인 줄 알았잖아요."

감정 섞인 핀잔에도 꿈쩍 않던 기중이 근심 어린 표정으로 물었다.

"일을 그만두고 온 게 아니고 잠깐 휴가 낸 거였니?"

기중의 말에 주영은 황당하다는 표정을 지었다.

"일을 어떻게 그만둬요. 그럼 수인이는 빈손으로 키워요?"

"그럼… 수인이는 어떻게… 혼자서 어떻게 하려고?"

"안 그래도 고민해 봤는데… 혹시, 아빠가 잠시만… 애가 초등학교 들어가기 전까진 뭐라도 마련해야 하는데… 당장 제가 데리고 있을 수가 없어서요… 아빠가 잠시만 맡아 주실 수 있어요?"

이번엔 주영의 말에 기중이 황당하다는 표정을 지었다.

"애 아빠가 멀쩡히 있는데 왜 엄마도 아빠도 없는 이곳에 애를 뭐?"

"죽어도 안 돼요. 애 아빠가 수인이 데려가면 분명 다신 못 만나게 할 거예요."

"무슨 소리니. 수인 애비가 그런 사람은 아니잖아."

"아니긴요, 아빠가 그 사람 본모습을 몰라서 그래……."

이곳에 오기 전에도 대준과 주영은 심하게 다투었다. 주영이 도저히 못 견디겠다며 이혼을 요구했을 때에도 대준은 수인을 자신이 데려가서 키울 거라고 말했다. 가정은 늘 뒷전인 엄마 밑에 둘 수 없다고 했다.

그 말은 주영에게 비수가 되어 꽂혔다. 자신이 그토록 미친 듯 일하는 이유가 무엇 때문이라고 생각하는 걸까, 이 남자는. 하나밖에 없는 자식을 좀 더 편하게, 유복하게 키우기 위해 자기가 이렇게 피를 토하면서 노력한다는 걸 정말 모르는 걸까? 아이의 미래를 위해 힘든 일을 자처한다는 걸 정말 모르는 걸까?

이 말이 턱 끝까지 올라왔지만 주영은 대준에게 아무 말도 하지 않았다. 어차피 이해하지 못할 거라고 생각했다. 그리고 바로 그날, 주영은 짐을 싸서 수인과 함께 이곳 고향 집으로 내려왔다.

"수인이한텐 말했니?"

기중은 답답한 듯 짧은 한숨을 내쉬었다.

"아뇨, 아직… 분명 울고불고 난리 칠 거예요. 최대한 천천히 말해야 덜 힘들어요."

"그렇다고 수인이한테 말 한마디 없이 네 멋대로 결정하니. 엄마라는 사람이 어떻게 그러냐."

기중의 질책에 주영의 눈이 커졌다. 주영은 가슴속에서 뭔가 뜨거운 것이 치미는 것을 느꼈다. 이 감정은 뭘까. 원망? 자책? 억울함?

"아빠가 그런 말 할 자격은 없잖아요? 아빠는 나 어릴 때 어땠는데요, 맨날 나 혼자 뒀잖아요. 그 어린애가 혼자서 하루 종일 어떻게 지냈는지 알기나 해요?"

갑작스러운 주영의 말에 기중은 할 말을 잃은 듯 입을 다물었다. 하지만 주영은 터져 버린 봇물처럼 감정을 쏟아 내기 시작했다.

"엄마란 사람이 어떻게 그러냐고요? 내가 엄마니까, 내가 책임져야 하니까! 어떻게든 살려고 여기 데려온 거잖아요, 죽지 않고 어떻게든 살려고!"

주영의 말에 기중은 고개를 떨궜다. 주영 또한 지금껏 기중에게 자신의 속마음을 그렇게 말해 본 적이 없던 터라 죄송스러운 마음과 민망함이 뒤엉켜 입을 꾹 다문 채 서 있다.

기중은 무언가 말하려는 듯 한참을 고민하더니 다시금 깊은 한숨을 내뱉었다.

"숨긴다고 숨겨지는 게 아니다. 요새 애들이 얼마나 똑똑한데…

밥만 먹인다고 아이가 크는 게 아니라는 거 잘 알잖니. 아이한텐 엄마 아빠가 필요해. 내가… 너한테 했던 것처럼 애를 키울 셈이냐.”

기중은 말을 하면서도 스스로에게 하는 말인 것 같다는 생각이 들었다. 엄마가 없던 주영에게 아빠의 역할조차 제대로 못했던 과거의 자신에게 하는 말이었다.

“수인이한테는… 꼭 말해라. 말을 해야 해.”

기중은 나가며 천천히 문을 닫았다. 한참을 우두커니 자리에 서 있던 주영은 이내 정신을 차린 듯 바닥에 제멋대로 널브러진 옷가지들을 주워 차곡차곡 정리하기 시작했다. 그러다 다시 옷들을 집어던지고 깊은 한숨을 내쉬었다. 이렇게 된 자신의 상황에 떠오른 건 자책뿐이었다. 주영의 모든 생각은 언제나 스스로에 대한 자책으로 끝나곤 했다.

집 안의 상황이 어떤지 알 리 없는 수인은 평상에 대자로 누워 있었다. 누워서 본 하늘엔 별들이 가득했다. 하늘을 보며 별을 하나둘 세고 있는 수인.

“별 하나, 별 둘, 별 셋, 별 넷, 별 다섯, 별 여섯, 별 일곱, 별 여덟, 별 아홉…….”

하는데 옆에서 수인을 따라 별을 세는 또 다른 목소리가 들렸다.

"별 다섯, 별 여섯, 별 일곱, 별 여덟, 별 아홉……."

놀란 수인은 평상에서 벌떡 일어나 주변을 둘러봤지만 주위엔 아무도 없었다. 어두운 밤에 옆집 개가 컹컹 짖는 소리만 들렸다. 고개를 갸웃거리는 수인.

"잘못 들었나?"

"잘못 들었나?"

또다시 들리는 낯선 목소리에 수인은 놀라 몸을 웅크렸다. 다시 한 번 주위를 둘러봤지만 여전히 아무도 없었다. 수인은 슬슬 무서워지기 시작했다.

"누… 누구야!"

"누… 누구야!"

"귀… 귀신이야?"

"귀… 귀신이야?"

"나 힘 진짜 세. 나보다 더 큰 정현이도 내가 이겼어. 나 진짜 무서워."

수인의 으름장에 낯선 목소리가 더 이상 들리지 않았다. 자신의 말을 듣고 진짜로 귀신이 무서워서 도망갔나 보다 하며 안도하는 수인 앞에 어떤 남자아이가 불쑥 모습을 드러냈다.

"와, 진짜? 너 그렇게 세?"

갑자기 나타난 아이를 보고 놀란 수인은 자신도 모르게 소리를 지르려는 듯 입을 크게 벌렸다. 아이는 수인의 입을 손으로 막으며 속삭이듯 말했다.

"소리 지르면 어둑서니가 올 거야, 쉿!"

지금이 무슨 상황인지 이해는 하지 못했지만 소리를 지르려던 수인은 아이의 말을 따라 입을 닫고 고개를 끄덕였다. 문득 뒤를 돌아보니 자신의 그림자가 꽤 길어진 느낌이었다.

"난 벼리야. 넌 이름이 뭐야?"

자신을 벼리라고 소개하는 아이를 멀뚱하니 보고 있는 수인. 자세히 보니 대략 일고여덟 살 된 자기 또래 남자아이처럼 보였다. 행색은 볼품없지만 똘망똘망해 보이는 모습이었다.

아직도 상황 파악을 하지 못한 채 우물쭈물하는 수인의 모습에 벼리는 의아한 듯 얼굴을 바짝 들이댔다.

"너 말 못 해? 아니지, 아까 별도 잘 세던데……."

"넌… 누구야?"

"잉? 아까 말했잖아. 벼리라고, 벼리!"

"벼리? 넌 어디 살아? 여기 어떻게 들어왔어?"

"나 여기 사는데?"

"여긴 우리 할아버지 집인데?"

"아닌데. 내가 사는 집인데? 쩌기가 내 집인데."

벼리는 손을 들어 어딘가를 가리켰다. 벼리가 가리키는 손가락

끝을 따라가니 아까 수인과 기중이 들어갔던 창고가 보였다.

"네가 저기 산다고?"

"응. 아까 나 봤잖아."

"내가? 언제?"

"아까 내가 네 눈앞에서 왔다 갔다 하다가 집으로 들어가니까 따라 들어왔잖아."

무슨 소리인지 이해하지 못하는 수인이 계속해서 "내가? 언제? 넌 누구야? 어디 살아? 여긴 어떻게 들어왔어?" 하며 벼리를 붙잡고 되묻는 통에 벼리는 피곤한 듯 고개를 절레절레 저었다.

"난 이 집에 사는 도깨비야."

벼리의 말에 수인의 눈이 동그래졌다.

"뭐? 도깨비이이이?"

3.

눈을 번쩍 뜬 수인의 시야에 익숙한 집 안 천장이 보였다. 화들짝 놀라 일어나 보니 언제 잠들었는지 기억도 안 나지만 잠옷 차림으로 이불 속에 누워 있고 밖을 보니 아침이었다. 수인은 분명 어제 도깨비를 만나고 놀란 것까진 기억이 나는데 어떻게 자신이 이불 속에 들어와 잠들었는지 기억이 나지 않았다.

이불을 박차고 달려 나온 수인은 거실에서 아침상을 차리던 주영과 마주쳤다. 급하게 달려 나온 터라 머리는 붕붕 떠 있고 아주 잘 잤는지 얼굴에 베개 자국까지 난 수인의 모습에 주영은 자기도 모르게 풋 하고 웃음이 터졌다.

“지금 일어났어? 아주 실컷 잔 얼굴이네.”

“엄마. 나 어제 어떻게 들어왔어?”

아직도 잠이 덜 깬 표정으로 멍하니 서 있는 수인에게 주영이 말했다.

“어떻게 들어오긴! 너 평상에서 잠든 거 할아버지가 낑낑대고 안아서 옮겼어!”

“이상하다. 나 어제 도깨비 봤는데.”

“뭐?”

수인의 잠꼬대 같은 말에 주영은 곧장 의심의 눈초리로 기중을 쳐다봤다.

“혹시 애한테 뭐 도깨비니 그런 얘기 했어요?”

“했지.”

덤덤하게 반찬을 내려놓으면서 대답하는 기중의 모습에 주영은 언짢은 듯 말을 이었다.

“앤 순진해서 그런 거 진짜 믿는단 말이에요.”

“아니야, 진짜야! 나랑 비슷한 나이의 남자애였어. 자기 이름이 벼리래.”

“너네 엄마도 예전에 벼리라는 도깨비 봤다고 했는데.”

추억을 회상하듯 기중이 웃으며 말하자 주영과 수인 모두 동작을 멈추고 기중을 바라봤다.

“내가?”

“엄마가?”

눈이 동그래진 채 자신을 바라보는 모녀의 모습을 본 기중은 둘이 퍽 닮았다고 생각했다.

“기억 안 나? 수인이만 할 때 네가 와서 맨날 벼리 얘기 했었잖니. 오늘은 같이 어딜 갔었고 또 누굴 만났고… 종알종알 쉴 새 없이 얘기했었지.”

주영은 자신의 기억을 더듬으며 그런 적이 있었는지 떠올려 봤지만 도무지 아무런 생각도 나지 않았다. 생각하느라 미간의 주름만 깊어질 뿐이었다.

“내가? 나는 잘 기억이…….”

“그럼 엄마도 벼리 본 거야? 말도 해 봤어?”

초롱초롱한 눈빛으로 자신의 경험을 공유하려는 수인의 모습을 보니 주영은 왠지 답답한 마음이 들었다. 이제 초등학교에 들어갈 나이가 됐는데 아직도 말도 안 되는 동화 속 인물이 실재할 거라 믿는 수인의 순진함이 걱정되기도 했다.

"아냐, 할아버지가 그냥 장난치는 거라니까. 너 어제 꿈꿨나 봐."

"아닌데… 이상하네……."

"우선 아침밥 먹자."

대수롭지 않다는 듯한 주영의 태도에 수인은 자꾸만 심술이 났다. 분명 자신이 어제 만났던 벼리라는 도깨비가 또렷하게 기억났다. 자신과 비슷한 또래의 남자아이였고, 이 집에서 산다고 했고, 또… 불… 불빛… 도깨비불?!

벼리에 대한 기억이 차츰 떠오르기 시작할 즈음 거실 창문 밖으로 움직이는 불빛 하나가 수인의 눈에 띄었다. 분명 해가 떠서 환한 아침임에도 불구하고 불빛은 푸른빛을 내며 기묘하게 움직이고 있었다.

'도깨비불이다!'

수인은 급한 마음에 밥상을 두고 자리에서 벌떡 일어났다. 주영은 식사 시간에 집중하지 못하는 수인을 못마땅한 듯 타박했다.

"정수인! 밥 먹는데 누가 일어나."

"저거 봐! 진짜야. 진짜 도깨비불이야!"

수인은 거실 창밖으로 보이는 푸른 불빛을 손으로 가리켰지만 기중과 주영의 눈엔 아무것도 보이지 않았다. 수인이 가리킨 도깨비불은 춤을 추듯 일렁이더니 이내 시야에서 사라졌다. 수인은 사라진 불빛을 찾기 위해 냅다 마당으로 뛰어나갔다.

주영은 밥상머리 교육을 시켜야 한다는 일념으로 수인을 부르는 목소리를 높였지만 들릴 리 없는 수인은 여전히 마당에서 서성이고 있었다. 주영의 심기가 더 불편해지면 수인이 많이 혼날 것 같다 싶었던 기중은 조심스럽게 자리에서 일어나 수인을 따라 밖으로 나갔다.

아까 움직이던 푸른 불빛은 마당으로 나온 수인의 머리 위에서 기다리고 있었다. 그리고 이내 수인의 시선을 의식했는지 빙글, 머리 위로 원을 그리고 집 뒤쪽에 있는 언덕 너머로 사라졌다. 불빛이 사라진 언덕 너머를 바라보던 수인이 곁으로 다가온 기중에게 물었다.

"할아버지! 저기, 저 언덕 너머에 뭐가 있어요?"

"언덕 너머? 아… 그곳엔 아주 멋진 꽃밭이 있지. 계절이 바뀔 때마다 알록달록 아름다운 꽃이 핀단다."

"꽃이요?"

"그러고 보니… 옛날부터 그곳을 부르던 이름이 있었지, 아마."

그게 무엇이냐고 묻는 듯한 수인의 초롱초롱한 눈빛에 기중은 웃으며 수인의 머리를 쓰다듬었다.

"도깨비 언덕이라고 불리던 곳이었지."

"도깨비 언덕이요?"

"아빠. 그만 좀 해요. 애가 진짜로 믿잖아요."

어느 새 기중과 수인 곁으로 다가온 주영은 마당으로 통하는 문간에 서서 그들의 대화를 끊었다.

"정수인. 도깨비 같은 거 없으니까 얼른 들어와서 밥 먹어. 너 한 번만 더 밥 먹다가 그렇게 뛰쳐나가면 다시는 밥 안 줄 거야. 너 이래갖고 학교 들어가면 급식실에서 제대로 밥 먹겠어? 어? 엄마 말 듣는 거야?"

예전 같으면 끊임없는 주영의 잔소리에 시무룩해졌을 수인이지만 도깨비불을 발견하고 다소 상기된 듯 아무렇지 않게 밥을 먹었다. 씩씩한 수인의 모습에 되려 주영은 당황했다.

수인은 보기보다 언덕이 가파르다고 생각했다. 분명 할아버지 집에서 봤을 땐 작은 언덕처럼 보였는데 가도 가도 끝이 없는 길 같았다. 헉헉 대며 숨을 몰아쉬는 수인. 이마에 송골송골 땀방울이 맺혔다. 수인이 잠시 숨을 고르며 주위를 두리번거렸지만 낯설고 아무 인기척도 없자 으스스한 기분이 들기 시작했다.

'그냥 갈까…….'

흘긋 뒤를 다시 돌아보자 지금까지 자신이 올라온 언덕길이 까마득하게 보였다. 그때 수인의 눈에 띄는 작은 도깨비 불빛! 수인의 눈이 동그래졌다. 도깨비 불빛은 수인의 주위를 뱅글뱅글 돌더니 숲 안으로 쏙 들어가 버렸다. 수인은 결심한 듯 고개를 끄덕이고는 빛을 따라 숲 안으로 들어갔다.

밖엔 해가 쨍쨍했지만 나무가 많은 숲은 그늘이 져 시원했다. 수인의 이마에 맺힌 땀방울이 조금씩 식어갔다. 그러자 슬슬 추워지기 시작했다. 그때, 수인의 뒤로 그늘보다 짙은 그림자가 보였다. 그림자는 천천히 더 짙어지고 커지고 있었다. 이를 눈치채지 못한 수인은 주위를 두리번거리더니 조그맣게 속삭였다.

"벼리야… 벼리야……."

시커먼 그림자가 점점 더 커지고 있을 때, 누군가 덥석 수인의 팔을 잡았다. 놀란 수인이 "꺅!" 소리를 지르며 잔뜩 웅크리자 옆에서 낄낄대며 웃는 소리가 들렸다. 여전히 놀란 마음으로 수인이 조심스레 고개를 들자 바로 앞에서 벼리가 배를 부여잡고 웃고 있었다.

"뭐야! 깜짝 놀랐잖아!"

"너 엄청 잘 놀란다. 놀라니까 되게 웃겨. 표정이 막 이래서는."

벼리는 자기 얼굴을 구겨가며 수인의 표정을 장난스럽게 따라 하며 놀려댔다. 벼리의 놀림에 부끄러워진 수인은 빨개진 얼굴로 소리를 질렀다.

"놀리지 마!"

씩씩거리는 수인의 표정을 보고 배꼽이 빠져라 더 크게 웃던 벼리가 눈빛을 바꿔 수인 뒤에 드리워진 그림자를 슬쩍 확인했다.

벼리의 갑작스러운 시선에 수인은 벌레라도 붙은 줄 알고 잔뜩 긴장한 채 벼리를 쳐다봤다.

"왜? 뭔데? 뭐가 있어?"

"아니, 그냥… 아무것도 아니야."

벼리는 짐짓 아무렇지 않은 듯 천천히 길을 따라 걸었다. 벼리를 따라 같이 걷기 시작한 수인의 눈에 드디어 아름다운 언덕의 풍경이 보이기 시작했다. 넓은 들판과 바람에 따라 흔들리는 형형색색의 들꽃들. 아까까지만 해도 음산해 보이던 언덕이 밝고 따스하게 느껴졌다.

"여긴 어디야?"

"도깨비들이 지내는 언덕이야."

"도깨비들? 그럼 다른 도깨비들도 있다는 거야?"

"응."

벼리의 말에 수인의 눈이 초롱초롱해졌다.

"나도 만날 수 있어?"

"지금은 다들 자는 시간이야. 대부분 밤에 일어나."

"그래? 보고 싶었는데… 근데 너는 왜 낮에 일어나 있는 거야?"

"네가 내 이름을 불렀잖아."

"내가?"

"그래. 벼리야, 벼리야, 하고 불렀잖아."

"그랬나…?"

"자다가 들었어. 그래서 일어났어. 난 누군가 날 부르면 바로 달려가거든."

벼리는 수인의 옆에서 깡충깡충 뛰며 부산하게 움직였다. 어른들이라면 정신 없다고 한 소리 했겠지만 또래인 수인의 눈엔 재미있고 신기한 동작처럼 보였다. 두 아이는 서로 폴짝폴짝 뛰면서 길을 걸었다. 언덕에 핀 작은 풀들이 마치 쿠션처럼 폭삭폭삭한 발걸음을 느끼게 해 주었다. 벼리가 수인의 손을 덥석 잡았다.

"다른 도깨비들은 못 보여 주지만 대신 내가 멋진 거 보여 줄게."

벼리가 빠르게 달려가자 마치 언덕 위의 길이 갈라지듯 길고 시원한 바람이 불었다. 수인은 갑자기 자신의 몸이 가벼워지는 걸 느꼈다. 움직이는 다리가 땅에 닿지 않는 것처럼, 마치 날아가기라도 하는 듯.

순식간에 언덕 꼭대기까지 오른 수인과 벼리가 일으킨 바람 때문에 해바라기가 흔들렸다. 작은 코스모스들이 빼꼼 얼굴을 내민 언덕 끝으로 오르니 커다란 나무 한 그루가 서 있었다. 나무 옆엔 작은 오두막 하나가 있었고 벼리의 손짓을 따라 수인은 그 오두막 안에 있는 평상 위로 올라섰다.

"우와!"

수인은 자신도 모르게 탄성이 흘러나왔다. 마을이 한눈에 내려다보였다. 시원한 바람과 높은 하늘, 그리고 그 밑으로 펼쳐진 마을의 모습이 절경이었다. 정갈하게 정돈된 논엔 노랗게 익어 가는 벼들이 무럭무럭 자라고 있었고 그 옆으로 잔잔히 흐르는 강물은 햇빛이 비쳐 반짝거리는 보석 같았다.

수인이 마을을 감상하고 있는 사이, 벼리는 평상에서 내려와 들꽃들을 툭툭 꺾어 조물조물 뭔가를 만들었다. 궁금해진 수인도 평상에서 내려와 슬쩍 벼리 옆에 앉았다. 바쁘게 움직이던 벼리의 손이 이내 꽃을 엮어 만든 꽃왕관을 들어 보였다.

"짠! 멋있지?"

"우와! 너 진짜 잘 만든다."

수인의 칭찬에 벼리는 쑥스러운 듯 뒷머리를 긁적이며 수인의 코앞으로 불쑥 왕관을 들이밀었다.

"이거 나 주는 거야?"

"한번 해 봐."

수인의 머리 위에 얹히는 꽃왕관. 수인은 왕관이 마음에 드는지 환한 표정으로 벼리를 바라봤다. 그 모습을 보며 흐뭇해하는 벼리.

그때 마침 세찬 바람이 불며 수인의 머리 위에 있던 꽃왕관이 하늘 위로 날아갔다. "어어!" 하면서 수인이 쫓아갔지만 거센 바람을 타고 이리저리 제멋대로 날아가는 꽃왕관. 바람이 약해지자 꽃왕관은 이내 힘을 잃고 바닥으로 툭 떨어졌다. 수인은 안도의 한숨을 내쉬며 꽃왕관을 집어 들었고, 그 순간, 자기 앞에 있는 어두운 그림자를 발견했다. 분명 해가 자기 앞에 떠 있기 때문에 생길 수 없는 그림자인데 대체 뭘까 싶어 수인은 그림자를 쳐다보았다. 갑자기 그림자에서 날카로운 이빨이 보였다. 흠칫 놀란 수인은 서둘러 벼리가 있는 오두막으로 뛰어갔다. 급하게 달려와 헉헉 숨을 몰아쉬는 수인의 모습에 벼리는 의아한 표정을 지었다.

"왜 그래? 뭐가 쫓아와?"

"그림자가……."

수인의 말을 들은 벼리의 표정이 심각해졌다. 고개를 들어 하늘을 보던 벼리는 어느새 천천히 땅거미가 지고 있는 것을 깨달았다.

"어둑서니야. 이제 곧 해가 지니까 얼른 내려가자."

"어둑서니가 뭐야?"

"그림자 귀신. 우리가 무서워하면 할수록 힘이 세지고 몸집이 커지는 귀신이야. 똑바로 쳐다보지 말고 말을 걸어도 대답하지 마. 어둑서니는 네가 무얼 제일 무서워하는지 알고 있어. 대답하면 할수록 너는 점점 더 무서움을 느끼게 될 거야."

"그럼 어떻게 되는데?"

"어둑서니의 몸집이 계속 커져서 너를 삼켜 버릴지도 몰라."

벼리의 말에 놀란 수인은 들고 있던 꽃왕관을 떨어뜨렸다. 겁먹은 수인을 달래듯 벼리는 다시 꽃왕관을 주워 수인에게 건네며 다정하게 말을 덧붙였다.

"근데 나랑 같이 있으면 그럴 일 없으니 걱정 마. 어둑서니는 혼자 있을 때 나타나거든. 나랑 놀면 괜찮을 거야."

"그래? 다행이다."

"혹시나 무서울 땐 내 이름을 불러. 알았지?"

수인은 고개를 끄덕였다. 그리고 아까 언덕으로 올라왔을 때처럼 벼리의 손을 잡고 빠르게 언덕을 내려갔다. 시원하게 그늘을 만들어 주던 산은 천천히 해를 가리고, 언덕을 감싸는 그림자는 점점 더 길어졌다. 검고 축축한 어둠으로 덮인 언덕은 아까와 달리 섬뜩하고 음산한 기운으로 바뀌기 시작했다.

4.

주영의 고민은 한참 이어지고 있었다. 언제쯤 수인에게 자신이 이곳을 떠나 회사로 복귀해야 한다고 말할 수 있을까. 요즘 부쩍 엄마와 떨어져 있는 시간을 못 견디고 불안해하는 수인이었기에 주영은 쉽게 입이 떨어지지 않았다.

그나마 다행인 건 요즘 수인이 시골 생활을 곧잘 즐기고 있다는 사실이었다. 슬쩍 보니 수인은 마당 평상에 엎드려 즐겁고 편안한 듯 콧노래를 부르고 있었다. 그 모습을 보니 오늘은 가볍게 이야기해 볼 수 있지 않을까 하는 생각이 들었다. 어쩌면 쿨하게 "엄마 다녀와" 하고 말해 주지 않을까 하는 기대를 하며 주영은 마당으로 발걸음을 옮겼다.

"수인아, 할아버지 집에서 노는 거 재밌어?"

이 집에 오기 전까지만 해도 주영과는 말 한마디 섞지도 않을 것 같던 수인이 기분이 좋은지 스케치북에 그림을 그리며 고개를 끄덕였다.

"응. 재밌어. 아까 저기 꽃이 엄청 많이 핀 언덕에도 갔다 왔어."

아까 놀러 갔다 온 언덕의 풍경을 그리는 듯한 수인의 손놀림. 주영은 수인의 스케치북을 빤히 보며 혼자서 낯선 공간을 다녀왔다는 수인의 이야기에 놀란 표정을 지었다.

"혼자서?"

"아니, 벼리랑."

"벼리? 벼리가 누군데?"

"아침에 말했던 도깨비!"

"도깨비… 혹시 수인이랑 맨날 함께 자는 양 친구 '하나' 같은 거야?"

상상력이 좋은 수인이는 어린 시절부터 상상의 친구들을 만들어 함께 놀곤 했었다. 수인의 애착이불 속 양 캐릭터인 '하나' 또한 수인이 만든 가상의 친구다. 주영은 벼리 또한 할아버지한테 도깨비 이야기를 듣고 수인이 만든 상상의 친구려니 생각할 뿐이었다.

"하나랑 벼리는 달라!"

"그래, 알았어. 벼리란 애가 있긴 있겠지… 그래서 저쪽 언덕에서 놀고 왔다고?"

"응. 가서 같이 놀고 왔어. 재밌었어. 내일도 또 갈 거야. 내일은 언덕에 사는 곤충들을 알려 준대. 엄청 신기한 곤충들이 많대."

주영은 차라리 잘됐다고 생각했다. 수인은 도시에 살 때도 유치원이 끝나면 여러 학원을 다녔어야 해서 혼자 제대로 놀아 본 적이 없었다. 시간이 비면 다른 자극적인 재미로 채워야 했던 그때와 달리 이곳은 문밖만 나서면 스스로 찾을 수 있는 재미가 많았다. 처음에는 이곳 생활에 적응하기가 힘들겠지만 점점 익숙해지면 자신만의 시간을 보내는 것이 즐거울 것이다. 주영은 망설이던 끝에 수인에게 말을 건넸다.

"그럼 우리 여기에 더 오래 있을까?"

"진짜? 엄마 회사 가야 한다며?"

"뭐 그렇긴 한데… 수인이가 원하면 여기 더 있어도 된대. 할아버지가 괜찮다고 했어."

"신난다!"

수인은 콧노래를 부르며 엎드려서 다시 스케치북에 그림을 그렸다. 주영은 잠시 주저하다가 결심한 듯 조심스럽게 수인의 등을 쓰다듬으며 입을 열었다.

"어… 근데… 여기서 사는 동안만 엄마랑 떨어져 지낼 수 있겠어?"

주영의 말에 방금까지 신이 나던 수인의 표정이 얼음처럼 굳어졌다. 스케치북 위에서 신나게 움직이던 손이 우뚝 멈췄다.

"…나 혼자?"

"수인이 혼자 아니고. 할아버지도 있고… 벼리? 그래, 벼리도 있고."

아까까지만 해도 벼리란 도깨비는 상상의 친구처럼 취급하더니 이제는 비굴하게 벼리의 도움이라도 받아 보고 싶은 주영이었다.

"나 버리고 가는 거야?"

수인의 말에 어이가 없다는 듯 주영이 헛웃음을 지었다. 하지만 수인의 표정은 여전히 심각해 보였다.

"버리긴 누가 버려. 주말마다 올 거야. 엄마 회사 다니는 동안 할아버지네 잠깐 있는 거야."

"싫어. 난 엄마랑 있을 거야."

"수인아. 엄마 회사 가 있는 동안 수인이 혼자 심심하잖아. 너도 아침마다 유치원 가기 싫다고 그랬잖아. 엄마는 출근해야 하고 그럼 너도 유치원에 가야 해."

"…유치원 가기 싫어."

"거봐. 아침마다 엄마랑 맨날 싸우면서 유치원 가기 싫잖아. 여기는 할아버지도 있고… 뛰어놀 데도 있고……."

"그래도 엄마랑 있을 거야……."

주영은 속이 꽉 막혀 오기 시작했다. 수인이는 한번 고집을 부리기 시작하면 그 어떤 것으로도 설득할 수 없었다. 주영은 대화가 통하지 않는 아이와의 대화를 싫어했다. 설득도, 설명도 통하지 않았다. 어쩌면 수인이 원하는 것은 자신에게 절절매는 엄마의 모습이지 않을까, 하는 말도 안 되는 생각까지 한 적도 있었다.

"수인아, 엄마가 안 온다는 게 아니고. 토요일, 일요일에는 여기 올 거야. 와서 엄마랑 실컷 놀고 맛있는 거 먹고 하는 게 더 좋잖아. 엄마랑 같이 있어도 평일엔 엄마랑 못 노는 거 똑같아."

답답한 마음에 주영은 자신도 모르게 언성이 높아지기 시작했다. 주영의 기세에 눌린 수인은 울음이 나오려 했지만 눈물을 흘리지 않으려는 듯 일부러 눈을 크게 떴다. 물론 수인은 자신의 눈이 점점 빨개지는 건 몰랐겠지만.

"그래도 같이 있을 거야……."

"정수인… 엄마가 수인이 싫어서 그런 게 아니야… 엄마는 일을 해야 하잖아."

"엄마 가지 마. 나도 같이 데려가. 말 잘 들을게."

수인의 커다란 눈에 결국 눈물이 그렁그렁 맺히기 시작했다. 하지만 주영은 애써 눈물을 참는, 아직은 어린 수인에 대한 안타까움보다 자신을 붙잡고 늘어지는 수인의 고집스러움에 답답함을 느꼈다.

언제쯤이면 이성적인 대화라는 것을 할 수 있는 나이가 될까. 그런 날이 오기나 할까. 주영은 머리가 지끈대는지 손가락으로 이마를 짚어댔다.

"…그러면 나 아빠랑 있으면 안 돼?"

"뭐?"

수인의 폭탄 발언에 주영의 표정이 굳기 시작했다. 하지만 수인은 아직 주영의 표정 변화를 알아채지 못한 채 말을 이어 나갔다.

"엄마 바쁘면 아빠랑 있으면 되잖아. 주말에 엄마가 아빠랑 나 보러 오면 되잖아."

"아빠도 평일에 일하잖아! 그럼 아빠 일하는 동안 수인이는 어디 있게?"

"나 그냥 집에 가만히 있을게. 그냥 텔레비전 보고 엄마랑 아빠 기다릴게."

"혼자서 어떻게 있어. 그럴 거였으면 여기 오지도 않았지. 네가 아직 어리고 어른이 필요하니까 그런 거 아니야. 여긴 할아버지가 계시니까 괜찮지만 혼자는 안 돼."

"여긴 엄마도 아빠도 없잖아."

"엄마가 주말마다 온다니까?"

"그럼 아빠는?"

"정수인!"

주영의 갑작스러운 호통에 수인은 깜짝 놀라 주영을 바라봤다. 주영은 잔뜩 성이 난 듯 차가운 표정을 짓고 있었다.

"아빠 얘기 하면서 떼쓰는 거 그만해! 아빠는 나중에 보고 싶을 때 보게 해 준다니까? 너 자꾸 여기 있기 싫어서 억지 부릴 거야?"

결국 주영의 다그침에 울음이 터진 수인의 모습을 보고서야 주영은 자신이 아이를 너무 몰아붙였다는 걸 깨달았다. 주영이 난감한 마음에 수인을 제대로 달래지도 못하고 한숨만 쉬자 마당으로 나온 기중은 수인을 안고 방으로 들어갔다.

"그래. 수인이가 싫으면 여기 안 있어도 돼. 수인이가 싫으면 안 해도 돼. 그래. 그래도 돼."

기중은 수인을 안고 토닥토닥 달랬다. 그 모습을 보던 주영은 속상한 듯 자리를 박차고 일어나 밖으로 향했다. 울면서도 엄마가 나가는 소리에 주영의 뒷모습을 쳐다보는 수인. 수인 뒤로 보이는 그림자가 점점 진해지고 있었다.

수인은 어두운 방에서 홀로 이불 속에 들어가 훌쩍거리며 마음을 달래고 있었다. 양 이불을 한껏 끌어안고 눈물을 멈춰 보려고 노력했지만 마음처럼 되지 않아 답답했다. 참으려고 할수록 목 아래에서 울컥하고 무언가 올라와 또다시 눈물이 흘렀다.

한참을 울고 있는데 갑자기 옆에서 낯선 목소리가 들렸다.

"울지 마… 울지 마……."

낯설고 차가운 목소리. 수인은 놀란 마음에 울음을 멈췄다. 자신을 감싸고 있던 이불을 조심스럽게 걷어 낸 수인은 주위를 둘러보았지만 어두운 방 안엔 아무도 없었다.

"울지 말고 나랑 같이 가자. 나랑 같이 놀면 재밌을 거야."

"벼리야?"

"나 여기 있어… 여기… 이쪽이야……."

수인이 소리가 나는 왼쪽으로 고개를 돌리려는 그때, 수인의 어깨를 잡는 손길이 느껴졌다.

"안 돼, 그쪽 쳐다보지 마."

이번엔 반대편에서 나는 목소리였다.

"벼리? 벼리야? 너 어딨어?"

"옆에 있어. 나 말고 다른 목소리가 나는 쪽으로 고개를 돌리면 안 돼."

"저 목소리는 뭐야?"

"어둑서니야."

"뭐?"

"쳐다보지 말고 내 손 꼭 잡아."

"알았어."

그제야 수인은 아까 벼리가 말했던 어둑서니에 대한 것들이 기억나기 시작했다. 똑바로 쳐다보지도 말고, 말을 걸어도 대답하지도 말라고 했던 벼리의 말. 수인은 애써 눈을 감고 이 어둠이 지나가기만을 바라고 있었다.

"엄마가 널 버린다고 하지?"

방금의 결심이 무색하게 수인은 어둑서니의 말에 자신도 모르게 고개를 돌렸다. 어둠에 잠긴 벽 한쪽엔 더 짙은 그림자 하나가 서 있었다. 수인이 바라보자 그림자는 점점 더 크고 진하게 변하기 시작했다. 그림자 속에서 눈과 입이 보였다. 수인은 어둠에 홀린 듯 서서히 눈의 초점이 사라졌다.

"엄마는 너무해, 그치? 널 거추장스러워 하는 거야. 그러니까 이렇게 먼 시골에 널 혼자 두고 떠나는 거지."

차갑고 낮은 목소리에 두려움을 느낀 수인이 귀를 막으려고 했지만 팔이 마음대로 움직이지 않았다. 방금 전까지 수인의 손을 잡고 있던 벼리의 감촉이 사라졌다. 도깨비불로 변한 벼리가 뒤늦게 수인과 그림자 사이로 들어가려 했지만 이미 어둑서니의 그림자가 수인을 감싸 안은 상태였다. 어둠에 가려진 수인의 모습에 도깨비불은 어쩌지 못하고 당황한 듯 주위를 뱅뱅 돌기만 했다.

"아니야… 우리 엄마는… 그렇지 않아."

"진짜? 정말 그렇게 생각해? 너도 알고 있잖아. 엄마는 너와도 아빠와도 같이 살기 싫은 거야. 그러니까 너도 아빠도 모두 떼어 놓고 도망치는 거지. 엄마는 네가 싫은 거야. 너를 미워해. 회사에서 맨날 일하고 싶은데 네가 툭하면 울고, 아프고, 논다고 떼쓰고, 귀찮게 구니까 혼자 편하게 살고 싶어서 널 여기에 버리고 가는 거지."

"아니야… 우리 엄마는 안 그래……."

"거짓말. 근데 넌 왜 그렇게 생각해? 난 네 생각을 읽을 수 있어. 말해 봐. 넌 왜 엄마가 널 버리고 간다고 생각하는 거야?"

"난… 나는……."

수인의 눈이 깊은 어둠 속으로 빨려 들어갔다. 기억의 어둠. 그 어둠의 끝은 수인의 기억 속 그날이었다.

그날은 놀이공원에 가기로 한 날이었다. 한 달 전부터 수인과 주영이 굳은 약속을 했던 바로 그날이었다. 하지만 어른들은 늘 어른들의 핑계가 있기 마련이다. 전날 회사에서 회식을 하고 피곤한 주영은 침대에 너부러져 있었다. 많이 피곤했는지 주영은 옷도 제대로 갈아입지 못하고 화장도 지우지 못한 채 잠이 든 상태였다.

이런 사정을 알 리 없는 수인은 일어나자마자 방문을 열고 기대에 잔뜩 부푼 걸음으로 포르르 방에 들어왔다.

"엄마! 오늘 놀러 가기로 했잖아. 얼른 일어나!"

주영은 수인의 목소리가 그대로 머리로 들어와 쿵쿵거리며 울리는 것처럼 느껴졌다. 온몸이 울리는 소리였다. 대꾸할 기력도 없는 주영은 애써 짜낸 목소리로 수인을 달랬다.

"수인아… 엄마 어제 일하느라고 늦게 왔거든? 엄마 쫌만 더 자게 해 주라."

"안 돼. 아빠랑 다 준비했단 말이야. 엄마 얼른 일어나서 같이 가자!"

주영의 상태를 아는지 모르는지 아니면 모르는 척하는 건지 수인은 주영의 팔을 잡고 늘어지기 시작했다.

"정수인!"

주영은 화가 나면 성까지 다 붙여서 세 글자로 수인을 불렀다. 정. 수. 인. 수인은 자신을 부르는 주영의 단호한 음색에 깜짝 놀라 잡고 있던 팔을 놓았다.

"엄마가 어제 놀다 온 것도 아니고 일하다가 와서 잠 좀 자겠다는데 왜 이렇게 치대? 너 언제까지 아기처럼 이럴 거야? 어?"

주영의 윽박에 수인은 얼음처럼 그대로 굳어 버렸다. 잠시간의 정적이 이어지더니 방문이 열리고 대준이 들어왔다. 대준은 놀란 수인을 달래며 방 밖으로 내보냈다.

"왜 애한테 성질이야? 그럼 애가 애지, 어른이야? 그러게 누가 어제 술 마시래?"

"내가 마시고 싶어서 마셨어? 회식 자리 못 빼는 거 알잖아."

"애 엄마가 잘하는 짓이다. 넌 못 빠진 게 아니고 안 빠진 거잖아. 빠질 마음도 없었잖아."

"우리 회사 분위기가 어떤지 알면서 그래? 애 핑계로 빠진다고 하면 바로 아웃이라고."

"가족한테 아웃 당하는 건 안 무서워? 약속을 했으면 지켜야지. 수인이가 한 달 전부터 오늘만 얼마나 기다렸는 줄 알아?"

"누가 안 간대? 갈 거야. 쫌만 더 자고 일어나겠다는데 왜 이렇게 사람을 들들 볶아? 집에 오면 한시도 맘이 편한 적이 없어!"

주영과 대준이 옥신각신 다투는 틈으로 풀 죽은 수인은 방문을 닫고 거실로 나왔다. 수인의 곁으로 다가오는 한 마리 작은 강아지가 보였다. 수인은 짱이를 끌어안으며 애써 울음을 참았다. 수인의 눈물에 짱이는 안절부절못하며 수인의 손을 핥으려고 혀를 할짝거렸다.

주영과 대준의 언성은 점점 더 높아졌고 거실에 덩그라니 남겨진 수인 곁으로 검은 그림자가 천천히 커지기 시작했다. 그림자는 지금의 어둑서니처럼 수인을 감싸고 그 상황을 지켜보았다.

"그때도 지금도 난 네 옆에 있었어. 늘 네 주위를 돌면서 모든 걸 함께했었지. 그래서 난 널 잘 알아."

수인은 얼음처럼 굳은 채 자신을 감싼 어둠을 바라보고 있었다. 어둠이 익숙하다 느껴지는 건 어쩌면 그 때문이었을까. 과거 자신의 슬픔을 너무도 잘 알고 있는 어둠이었다. 수인은 떨리던 손이 점점 굳어 가는 것을 느꼈다. 어둑서니는 그런 수인의 모습을 보고 씨익 웃기 시작했다.

"넌 알고 있어. 엄마는 널……."

"엄마는… 날……."

"그래… 엄마는 널, 사랑하지 않는다는 걸."

수인의 눈이 커지면서 갑자기 검은 어둠이 수인을 집어삼켰다. 수인이 가지고 다니던 양 이불 조각 하나가 잘려서 나풀나풀 날리더니 바닥에 툭 떨어졌다.

5.

방문 앞에서 주영은 한참동안 망설이는 중이었다. 슬쩍 방문에 귀를 대 보니 조용한 게 아마도 수인은 울다 잠든 것 같았다. 조심스레 방문을 여는 주영. 방 안은 소름 끼칠 정도로 조용했다. 거실에서 들어온 빛 한 줄기가 방 한가운데 동그랗게 뭉쳐 있는 이불을 비춰 주었다. 주영은 잠시 망설이더니 이불 쪽으로 다가갔다.

"수인아… 자?"

아무런 대답도 미동도 없는 이불 뭉치.

"수인아… 엄마가……."

주영이 수인을 부르며 이불에 손을 대니 이불이 힘없이 푹 꺼졌다. 놀란 주영이 이불을 걷어 젖히고 불을 켰지만 이불 속에는 아무도 없었다. 허겁지겁 밖으로 나간 주영의 소리에 기중이 거실로 나왔다.

"무슨 일이야?"

"수인이가… 방에 없어요. 같이 있지 않았어요?"

"아니. 마당으로 나갔나?"

"한번 찾아볼게요."

기중은 스위치를 찾아 마당에 있는 불을 모두 켰다. 훤하게 불이 켜진 마당 구석구석을 주영과 기중이 돌아다녔지만 수인의 모습은 어디에도 보이지 않았다.

"애가 이 늦은 밤에 어딜 간 거야."

"우선 찾고 있어 봐. 내가 요 앞길에 한번 갔다 올 테니."

어느새 기중은 자전거를 하나 끌고 나타났다. 다른 손엔 작은 손전등이 들려 있었다.

"조심해요, 아빠. 혹시나 찾으면 바로 연락드릴게요, 휴대폰 꼭 들고 가시고요."

주영은 뒷마당으로 향했다. 담장 너머에서 옆집 개 짖는 소리가 들렸다. 바람이 스산하고 제법 쌀쌀해진 날씨였지만 왠지 모를 불안감에 주영은 찬 기운도 제대로 느끼지 못하고 있었다.

뒷마당 너머 멀리, 아침에 수인과 기중이 말했던 도깨비 언덕이 보였다. 다시 으스스한 바람이 불었다. 주영은 집 안 곳곳을 돌아다니며 수인을 크게 불렀다.

"수인아! 수인아!"

주영의 목소리가 메아리쳐 주영의 귀에 다시 들려왔다. 수인은 아무 대답이 없고 계속해서 바람만 휑하니 불어오고 있었다.

기중의 집 앞에 경찰차 한 대가 서 있었다. 사이렌을 울리지는 않았지만 요란한 불빛이 번쩍거렸다. 늘 조용하던 집 앞 골목에는 동네 이웃들이 웅성거리며 모여 있었다.

"뭔 일 났어?"

"애가 없어졌다나 봐요."

"이 밤에? 여기 사람이 없어서 찾기도 힘든데……."

이웃들이 하나둘씩 말을 얹으며 이야기를 나눌 때, 경찰차에서 내린 경찰들은 사람들에게 이만 돌아가라고 말하곤 기중의 대문 안으로 들어섰다. 내내 마당에 우두커니 서서 기다리던 기중과 주영도 경찰에게로 다가갔다.

"아이는 몇 시쯤 없어진 건가요?"

"아까 저녁 먹고 방에 들어갔으니까… 8시쯤이요."

"아이가 나가는 소리는 못 들으셨어요? 아니면 누가 오는 소리라든가."

경찰의 말에 주영은 고개를 절레절레 내저었다. 난감한 표정의 경찰은 머리를 긁적거리며 말을 이었다.

"여긴 담도 높아서 아무나 못 들어올 것 같은데… 아이가 혼자 밖으로 종종 나가곤 했었나요?"

"저 언덕에서 놀고 오는 거 같았어요. 그래도 이렇게 늦은 밤에 나간 적은 한 번도 없어요. 이곳 지리를 잘 알지도 못하고… 원래 여기서 살지도 않아서……."

"여기 오신 지는 얼마나 되셨죠?"

"일주일도 안 됐어요."

"그 사이 가족 외에 서로 교류하거나 알고 지낸 분들이 있으세요?"

경찰의 말에 한참을 생각하던 주영은 말없이 고개를 저었다. 문득 수인이 같이 놀았다고 했던 도깨비가 떠올랐지만 경찰에게 그런 말도 안 되는 이야기를 할 순 없었다.

경찰로서도 난감하긴 마찬가지였다. 노인들만 살던 시골 동네에서 웬 어린아이가 실종되었으니, 이런 류의 사건은 맡아 본 적도 없어서 어떻게 수사해야 할지 답답한 상황이었다.

"흠… 외부 침입 흔적은 없고… 알겠습니다. 우선은 여기부터 언덕 너머까지 찾아보도록 하죠. 근데 지금은 너무 어두워서 날이 밝아야 가능할 것 같습니다."

경찰이 자리를 정리하고 돌아가려고 했다. 주영은 납득이 되지 않는다는 표정으로 경찰을 붙잡았다.

"내일 아침이요? 애가 이 밤에 어딘지도 모르는 곳에 혼자 있을 텐데 이렇게 그냥 가시면 어떡해요."

"여기가 시골이라 인력이 부족하기도 하고… 지금 이 시간엔 산속에 간다고 해도 찾을 수가 없어요. 밤엔 아무것도 안 보여서요. 여기 코앞에 있는 차도도 잘 안 보이는 걸 보세요."

경찰의 말이 맞았다. 시골의 밤은 더욱 깊고 어두웠다. 그래도 주영은 당장 눈앞에 있는 어둠에 대한 두려움보다 어둠 속에서 떨고 있을 수인의 대한 걱정이 더 컸다. 경찰이 주영의 마음을 읽었는지 한숨을 내쉬었다.

"우선 해가 뜨면 바로 가 볼 수 있도록 지원 요청을 해 놓겠습니다. 지원 요청을 하는데도 시간이 필요하니까 조금만 기다려 주세요. 저희도 최선을 다하겠습니다."

경찰은 다시금 머리를 긁적거리더니 어쩔 수 없다는 듯 인사를 꾸벅 하고는 경찰차를 타고 가 버렸다. 경찰차의 사이렌이 빙글빙글 도는 모습이 점점 시야에서 멀어졌다. 주영은 깊은 한숨을 내쉬었다.

잠시 머뭇대던 주영이 휴대폰을 들어 '수인 아빠'를 검색했다. 지금 이 상황을 대준에게 말하면 어떻게 될까. 자신을 도와줄 사람이 지금 당장 대준밖에 떠오르지 않는 이 상황에 주영은 좌절감을 느꼈다. 주영은 다시 휴대폰을 내려놓았다.

그때 갑자기 기중이 뭐에 홀린 듯 중얼거렸다.

"도깨비……."

"네?"

"수인이가 도깨비를 봤다고 했어. 기억나지?"

갑작스러운 기중의 황당한 말에 주영은 할 말을 잃은 듯 가만히 서 있었다. 아무리 나이가 들었어도 기중은 현실적인 편이었고 평소에도 헛소리나 농담을 하는 사람이 아니었다.

"…무슨 소리를 하시는 거예요?"

"도깨비한테 물어보면 알 수 있을 거야."

주영의 걱정은 '혹시나 치매?'라는 데까지 뻗어 나갔다. 애써 침착하려고 심호흡을 하며 주영은 기중에게 다가갔다.

"아빠… 괜찮아요?"

주영의 걱정을 아는지 모르는지 기중은 혼자만의 생각에 빠져 독백처럼 중얼거렸다.

"그래… 예전에 너 어렸을 때도 이런 일이 있었어."

기중은 그날을 떠올렸다. 그날도 오늘처럼 어린 주영을 잃어버렸던 날이었다.

기중과 아내는 일을 하는 탓에 어린 주영을 보호자 없이 혼자 집에 두는 날이 많았다. 그날도 역시나 주영이 혼자 집에 있던 날이었고, 주영이 배고프지 않을까 하면서 간식거리를 사 들고 집으로 향했던 기중은 집 안 어디에서도 주영의 모습을 찾을 수 없었다. 혹시나 친구네 집에 갔을까 싶어 동네를 다 돌았지만 누구도 주영의 행방을 아는 이가 없었다. 점점 걱정이 된 기중은 주영의 이름을 부르며 동네방네를 뛰어다니기 시작했다.

입고 있던 티셔츠가 땀에 흠뻑 젖을 만큼 온 동네를 뛰어다니던 기중은 주영을 봤다는 동네 이웃과 마주쳤다. 동네 이웃은 주영이 저쪽으로 갔다며 도깨비 언덕을 가리켰다.

"그날 온 동네를 샅샅이 뒤졌는데도 찾을 수가 없었어. 근데… 나중에 집으로 돌아온 네 말이, 도깨비랑 놀다 깜빡 잠이 들었다는 거야."

기중의 말을 듣던 주영은 현실감 없는 황당한 이야기에 당최 어떻게 반응해야 할지 알 수 없었다. 수인이 없어진 충격으로 기중이 잠시 이성을 잃은 거라 생각한 주영은 더 이상 말도 안 되는 이야기에 휘둘리면 안 되겠다 싶어 스스로를 진정시키려 노력했다.

"…경찰 말이 맞는 거 같아요. 내일 날이 밝는 대로 언덕에 올라가서 찾아봐야겠어요."

"기억 안 나니?"

"네?"

"그 도깨비 말이야. 기억나지 않느냐고. 그 도깨비는 수인이가 어디 있는지 알 거야."

"기억도… 안 나고요… 그땐 어렸을 때잖아요. 뭐든 상상해서 말하는 나이예요. 세상에 진짜 도깨비가 어디 있어요!"

"진짜야."

기중의 단호함에 주영은 주춤했다. 이 정도까지는 아니었는데… 주영은 이제 기중과 더 이상의 대화는 힘들 것 같다고 판단했다.

"알았어요… 진… 진짜겠죠. 알아요. 아빠도 수인이 때문에 정신없고 힘들었을 테니 우선 들어가서 쉬세요."

"벼리라고 했어. 수인이도 그 이름을 똑같이 말했다고."

"……."

"우선 그 벼리라는 도깨비를 찾아보렴. 나는… 나는 한 번도 본 적이 없어… 아마 내가 너무 나이가 들어서… 그래서 그렇겠지."

기중은 자조적으로 중얼거렸다. 주영은 기중의 증세가 점점 심각해지는 것 같아 걱정이 되기 시작했다.

"아빠."

혼자서 중얼거리듯 말하던 기중은 주영의 부름에 고개를 돌렸다. 이미 초점을 잃은 기중의 눈. 주영은 걱정스러운 눈빛으로 기중을 바라봤다.

"우선 들어가서 쉬세요."

주영의 말에 그제야 눈빛에 다시 생기가 돌아온 기중은 고개를 끄덕이며 집 안으로 들어갔다. 수인이 사라져서 혼란스러운 와중에 기중까지 저런 이야기를 하니 주영은 답답함에 숨조차 제대로 쉬어지지 않는 것 같았다.

도깨비라니. 이게 무슨 말도 안 되는 소리인가. 기중과 수인이 계속해서 그 벼리라는 도깨비인지 뭔지 얘기를 하는데, 이게 아주 사람을 미치게 만드는 구석이 있었다.

"뭐? 벼리? 세상에 도깨비가 어디 있다고……."

주영이 한숨 섞인 혼잣말을 다 내뱉기도 전에 주영의 눈앞에 작고 푸른 불빛이 나타났다. 놀란 듯 눈이 커다래진 주영은 눈앞에서 왔다 갔다 하는 푸른 불빛에 시선을 빼앗겼다. 순간적으로 주영의 머릿속에 떠오른 단어가 있었다.

'도깨비불!'

불빛은 주영의 앞에서 일렁이더니 어딘가로 움직였다. 본능적으로 불빛을 쫓아가야 한다고 생각한 주영은 자리에서 벌떡 일어나 불빛을 따라갔다. 창고 위에서 한참 동안 뱅뱅 돌던 도깨비불은 창고 안으로 쏙 들어가 버렸다.

주영은 힘을 주어 창고 문을 열었다. 끼익 소리를 내며 문이 다소 무겁게 열렸다. 아직 안이 컴컴해서 아무것도 보이지 않았다. '스위치가 어디 있더라…' 더듬더듬 벽을 만지던 주영은 눈이 어둠에 익숙해지자 유독 까만 형상 하나를 발견했다.

"누구야? 수인이니?"

주영의 목소리를 듣고 검은 형상이 슬며시 움직이며 모습을 드러냈다. 창고로 새어 들어오는 달빛 틈새로 수인 또래의 남자아이가 보였다.

"김서방! 나야, 벼리!"

낯선 목소리에 당황한 주영은 자신도 모르게 뒷걸음질 치다가 벽에 있는 스위치를 눌러 버렸다. 탁, 창고 안의 불이 켜졌다. 갑자기 켜진 불에 눈이 부신지 인상을 찌푸리고 선 벼리의 모습에 깜짝 놀라는 주영.

"얘, 너 누구니? 이 늦은 시간에 여기는 어떻게 들어온 거야? 너네 집은 어디야?"

주영의 속사포 같은 질문에도 아랑곳하지 않은 채 벼리는 반가운 마음에 방방 뛰듯이 주영에게 다가갔다.

"김서방, 나 벼리라고. 벌써 잊었어?"

주영은 수인이 또래만 한 아이가 자신에게 무차별적으로 던지는 예의 없는 반말에 잠시 정신이 혼미해졌다. 반가움을 표하던 벼리는 문득 자신이 할 말은 이게 아니라는 듯 정신을 차리고 다급하게 외쳤다.

"아니, 이게 중요한 게 아니지! 김서방, 큰일났어! 어둑서니가 작은 김서방을 데려갔어!"

반말에 이어서 웬 김서방… 웬 어둑서니. 말도 안 되는 소리를 연타로 듣고 있자니 주영은 지끈지끈 머리가 아파 오는 것 같았다.

"대체 무슨 소릴 하는 거야, 꼬마야. 여기 이러고 있으면 부모님이 걱정하시니까 얼른 돌아가. 그리고 어른한텐 그렇게 반말하는 거 아니야."

벼리는 생각과 다른 주영의 반응에 답답하다는 듯 가슴을 쳤다.

"어둑서니가 작은 김서방을 데려갔다고! 지금 빨리 구하러 가지 않으면 안 돼!"

"하아, 경찰도 이미 가 버렸는데… 얘, 집이 어디니? 아줌마가 데려다줄게."

답답하다는 듯 가슴을 치던 벼리는 이제 발을 동동 구르며 한숨을 푹 내쉬었다. 그런 벼리의 모습이 영 못마땅한 주영은 자신도 모르게 욱하는 성질이 올라왔다.

"너! 자꾸 이렇게 버릇없이 굴면 못써. 처음 보는 어른 앞에서 그게 무슨 태도야."

주영의 말투에 벼리는 인상을 찌푸렸다.

"김서방, 너무 꼰대 된 거 아니야?"

"꼰대? 얘! 너 지금 말버릇이 그게 뭐야. 아줌마가 네 친구니?"

"친구지. 우리 어릴 때 같이 놀았잖아."

"뭐?"

"우리 어릴 때 도깨비 언덕에서 맨날 같이 놀았잖아. 기억 안 나?"

벼리의 말에 주영은 황당하다는 듯 벼리를 바라보았다. 벼리는 누가 봐도 초등학생 정도의 어린아이의 모습이고 자신은 누가 봐도 벼리보다 훨씬 더 성숙한 어른의 모습이다.

"내가 애한테 말려서 뭔 소리를 듣고 있는 거야."

주영은 정신을 차리려는 듯 양손으로 자신의 뺨을 탁탁 쳤다. 갑작스러운 주영의 돌발 행동에 벼리는 움찔하며 주영을 바라봤다. 주영은 그 틈에 벼리의 팔을 확 낚아챘다.

"가자. 너 여기 이렇게 오래 있으면 부모님이 걱정해."

주영이 완강하게 잡아끌자 겨우겨우 팔을 빼내며 벼리가 외쳤다.

"나 부모님 없어!"

벼리의 말에 주영은 벼리를 붙잡고 있던 손을 살며시 놓았다. 잠시간의 정적 끝에 곤란하다는 듯 머리를 긁적이는 주영.

"아, 그러니? 아줌마가 미안… 그럼 우선… 어떻게 해야 하나. 할머니나 할아버지랑 같이 살고 있는 거야?"

"아니, 그게 아니고! 난 그런 것 없이 그냥 태어나졌어. 난 도깨비라고!"

방금 전까지만 해도 미안한 마음이 들던 주영은 이 녀석이 이젠 장난까지 치는 건가 싶어 다시 미간을 찌푸리며 벼리에게 다가갔다.

"얘… 어른한테 그런 거짓말 하는 거 아니야. 도와주려고 하는 사람을 속이고… 휴, 경찰한테 다시 연락해 봐야 하나……."

"아, 진짜 도대체 어떻게 해야 믿을 건데? 작은 김서방이 지금 멀리 사라지게 될지도 모른다니까? 시간이 없어!"

이렇게 말하고 벼리는 문득 기억난 듯 자기 손에 들린 수인의 이불 조각을 들어 보였다.

"맞다, 이거! 이거 작은 김서방 거 맞지?"

벼리가 들고 있는 이불 조각을 본 주영은 눈이 커다래졌다. 그 이불 조각을 홱 낚아챈 주영이 매섭게 쏘아붙였다.

"네가 이걸 어떻게 가지고 있어?"

"아까 작은 김서방이 어둑서니한테 납치당할 때 흘리고 간 거야."

납치라는 말에 주영의 눈빛이 흔들렸다. 엄마랑 싸우고 화가 난 수인이 잠시 나간 거라 애써 생각했던 주영의 믿음이 무너지는 순간이었다. 어떻게 된 상황인지 다시 자세히 물어보려 했지만 자신을 덮쳐 오는 두려움과 불안감에 쉽게 말이 나오지 않았다.

"납치라고? 진짜로… 수인이가 납치를 당했어? 어둑서니? 무슨… 범죄 조직이니?"

"아니야. 그림자 귀신이야."

또다시 반복된 엉뚱한 벼리의 대답에 심각하던 주영이 다시 할 말을 잃었다. 둘 사이의 정적. 애써 침착함을 찾으려는 듯 눈을 천천히 깜빡거리며 이불 조각을 바라보던 주영은 생각했다. 이 아이의 말은 거짓이더라도 내 손에 들려 있는 이 이불 조각은 진짜라고.

"잠깐. 그러니까… 그림자 귀신인지 뭔지가 수인이를 데리고 갔다는 말이야?"

"응."

"…그, 그래. 그 어둑서니인지 뭔지 하는 귀신은 왜 수인이를 데리고 간 거야? 지금은 어디에 있고?"

"이유는 몰라. 어디 있는지도 몰라."

당당한 벼리의 말에 주영은 화가 나기 시작했다. 지금 수인이 어디에서 무슨 일을 당하고 있는지 엄마인 자신은 감도 못 잡고 있는데, 이 쪼그만 녀석은 이 심각한 상황에서 뭘 하는 거지?

"너 지금 무슨 말을 하는 거야? 애가 사라졌다고! 네가 말했잖아, 어둑서니인지 뭔지가 납치해 갔다고! 근데 어디로 갔는지 모른다고? 얘, 너 지금 어른한테 장난치는 거니?"

지금껏 겨우 잡고 있던 이성의 끈이 완전히 끊어졌다. 경찰을 돌려보낼 때까지만 해도 주영은 수인이 산 속에서 길을 잃었을 거라 생각했다. 날이 밝는 대로 금방 다시 찾을 수 있을 거라고, 애써 그렇게 믿었다. 하지만 갑작스레 등장한 낯선 아이의 입에서 '납치'라는 단어를 듣게 되자 어떻게든 낙관적으로 생각하려던 지금의 상황이 절망적으로 흘러갈까봐 두려워졌다.

정색하는 주영의 태도에 벼리도 당황하기 시작했다.

"아니… 근데 진짜 몰라… 어둑서니는 기억과 기억 사이를 돌아다닌단 말이야. 그러니까 지금 어느 기억에 있는지는 나도 모르지."

"기억? 그건 또 무슨 소리야… 이게 무슨 상황이지… 내가 너무 피곤해서 헛것이 보이나?"

주영은 다시 또 정신을 차리려는 듯 자신의 뺨을 쳐댔다.

"김서방, 정말 끝까지 날 안 믿는 구나……."

벼리는 자신의 말을 믿지 않는 주영의 모습에 볼멘소리를 냈다. 시무룩해진 벼리는 등을 돌리고 쪼그려 앉았다.

당황스러운 주영은 순간 벼리의 등이 예전 수인의 모습과 겹쳐 보였다. 등을 돌리고 쪼그려 앉아 있는 수인. 그때도 수인은 이렇게 등을 돌리고 훌쩍거리며 울고 있었다. 주영의 손이 수인을 달래러 가까이 다가가자 수인은 말했었다.

"엄마는… 왜 날 안 믿는 거야?"

주영은 입술을 질끈 깨물었다. 낯선 아이가 하는 이 황당한 말들을 어떻게 믿을 수 있을까. 그러다 문득 자신의 손에 쥔 수인의 이불 조각이 보였다.

주영은 결심한 듯한 표정으로 벼리의 어깨를 붙잡았다.

"어떻게 해? 어떻게 하면 돼?"

주영의 말에 벼리의 표정이 이내 환해졌다.

"이제야 같이 갈 생각이 든 거야?"

"그래. 우선 그… 그림자 귀신이 어디 있는지 알아야 하니까… 수인이를 찾아야 하니까. 어떻게 찾아야 해?"

"우선… 기억을 알려 줘."

"뭐?"

"어둑서니는 인간의 슬프고 두려운 감정을 먹고 살아. 아직은 힘이 약해서 더 큰 힘을 얻기 위해 작은 김서방의 슬픈 기억을 찾아갔을 거야. 거기에 숨어 있다가 점점 힘을 키워서 우리 앞에 나타난 거야."

"슬픈 기억?"

"응. 나는 작은 김서방을 잘 모르니까 알지 못해. 하지만 김서방은 잘 알 거 아냐. 작은 김서방이 살면서 가장 슬퍼했던 때가 언제야?"

벼리의 예상치 못한 질문에 주영은 주춤했다. 수인이 가장 슬퍼했던 때? 주영은 조용히 눈을 감고 그때를 생각해 보려고 노력했다.

슬픔이 넘치면 눈물이 흐른다. 수인이 가장 많이 울었던 때가 언제였더라. 주영이 온 정신을 집중하자 희미하게 훌쩍거리는 수인의 울음소리가 들리는 듯했다.

주영은 조용히 눈을 떴다. 울음이 짧았던 수인이 하루종일 눈물을 흘렸던 때가 있었다. 그때였다, 8년간 키우던 강아지 짱이가 죽었을 때. 수인에겐 짱이가 아파서 멀리 의사 선생님에게 보냈다고 했지만 예고도 없이 맞이한 갑작스러운 이별을 수인은 쉽게 받아들이지 못했다.

"정수인. 자꾸 이렇게 어린애처럼 울기만 할래? 너 자꾸 이러면 다시는 강아지 안 키울 거야."

주영의 말에 수인은 이불 속에서 나오지 않은 채 소리쳤다.

"안 키워! 짱이 말고는 다 싫어!"

수인의 우는 소리가 들리자 대준이 못마땅한 표정으로 주영에게 다가왔다.

"그냥 짱이 죽었다고 솔직하게 말해. 왜 애를 속여?"

"솔직하게? 애가 받을 상처는 생각 안 해?"

"죽는 건 자연의 섭리야. 이렇게 거짓말로 짱이를 어디에 보냈다고 하니까 애가 더 상처받는 거 아니야."

"누가 평생 말 안 한대? 크면 자연스럽게 알게 될 텐데 죽음에 대해 미리 알 필요는 없잖아. 지금은 이해도 잘 못하고."

주영을 이해하지 못하는 대준과 대준을 이해하지 못하는 주영. 이들의 대립각은 점점 더 날카로워졌고, 수인이 서럽게 훌쩍거리는 소리도 점점 더 커졌다.

"그 기억을 찾은 것 같네. 기회는 한 번뿐이야. 날 꼭 잡아."

머릿속에 울리는 벼리의 목소리에 그제야 퍼뜩 정신을 차린 주영은 벼리를 보았다. 벼리 주변에서 알 수 없는 빛들이 일렁이고 있었다. 벼리는 손을 내밀어 주영의 손을 잡았다. 일렁이던 빛들이 시야를 가릴 만큼 환해지더니 갑자기 훅, 하고 두 사람이 사라졌다.

다시 적막해진 창고 안, 뒤이어 문 열리는 소리가 들렸다. 기중이었다. 불이 켜져 있는 창고를 두리번거리던 기중은 주영을 찾았다.

"주영아, 여기 있니?"

대답 없는 창고 안. 기중은 불을 끄려다 말고 바닥에 떨어진 수인의 이불 조각을 발견했다. 무언가 골똘히 생각하던 기중은 조심스럽게 이불 조각을 주워 품에 안았다.

"주영아, 조심해라… 수인이 찾아서 꼭 돌아와야 한다… 꼭 돌아와야 해……."

창고 위로 보이는 하늘에는 별이 쏟아질 것처럼 많았다. 새로운 여정이 시작되고 있음을 아직 알지 못하는 듯 고요하고 적막한 시골 밤에 벌레 소리가 가득했다.

6.

컴컴한 어둠 속에서 환한 빛이 나타났다. 수인은 불현듯 눈을 떴다. 익숙한 공간이라는 느낌이 채 사라지기도 전에 검은 그림자가 수인의 옆으로 다가왔다. 놀라서 눈을 크게 뜬 수인 곁으로, 한층 더 커진 어둑서니가 서 있었다.

"여, 여기가 어디야. 엄마는? 할아버지는?"

"여긴 기억 속이지. 찾는데 그리 어렵지 않았어."

"뭘… 찾았다는 거야……."

말이 채 끝나기도 전에 수인 앞에 기중과 주영이 함께 서 있는 모습이 드러났다. 반가운 마음에 수인은 이들에게 달려가려 했다.

"엄마! 할아버지!"

하지만 수인의 발이 땅에 묶인 것처럼 움직이지 않았다. 수인은 목이 터져라 엄마를 불렀지만 주영에겐 들리지 않는지 미동도 하지 않았다. 주영은 그저 심각한 표정으로 말 없이 서 있을 뿐이었었다. 어둑서니가 어둠으로 수인의 시야를 가려 버렸다.

"내가 말했잖아. 여긴 기억 속이라고."

"그럼… 진짜 엄마랑 할아버지가 아니야?"

"진짜는 진짜지. 과거의 모습일 뿐."

"과거?"

"그래. 너는 몰랐던 비밀."

"비밀이라고?"

"인간들의 절망이 주로 어디서 나오는 줄 알아? 바로 남에게 말하지 못하는 비밀에서 나오는 법이야. 꽁꽁 숨기고 감추는 바로 그 비밀. 비밀이 많은 사람은 절망할 일이 많지."

어둑서니의 말에 수인은 주영과 기중을 바라봤다. 주영의 발치엔 작은 항아리가 놓여 있었다. 그 바로 앞에는 깊게 판 작은 구덩이가 보였고 그 옆에 삽을 들고 있는 기중의 모습도 보였다. 수인은 두 사람의 대화를 듣기 위해 최대한 몸을 바짝 갖다 대고 귀를 기울였다. 수인의 모습을 보며 씨익 웃는 어둑서니.

"그냥 집 근처에 묻지 뭐 이렇게 멀리까지 왔어?"

기중이 삽으로 땅을 다지며 주영에게 물었다. 주영은 망설이다가 발치에 있던 항아리를 구덩이 안에 넣었다.

"수인이가… 혹시나 알아챌까봐요."

"수인이한텐 아직도 말 안 했어?"

"짱이가 아파서 멀리 의사 선생님한테 보냈다고 말했어요. 어떻게 죽었다고 말해요."

"그래도 말은 해야지. 수인이가 강아지를 얼마나 끔찍이 이뻐했어."

"나중에… 나중에 좀 더 크면… 그때 말해도 돼요."

주영은 말없이 항아리를 쓰다듬었다. 주영의 눈에도 슬픔이 가득했다. 말없이 그 모습을 지켜보던 기중은 항아리 위로 흙을 툭툭 덮었다. 항아리에는 '짱이'라는 이름이 새겨져 있었다.

"짱이는… 죽은 거야?"

주영과 기중의 대화를 듣고 수인은 어떤 상황인지 눈치챘다. 그 모습에 흡족한 듯 어둑서니가 웃으며 옆에서 어른거렸다.

"그래. 죽는 게 뭔지 알아?"

"다시… 볼 수 없는 거?"

"맞아. 죽으면 다시 볼 수 없지. 네가 그렇게 좋아했던 짱이는 이제 다시 볼 수 없어."

어둑서니의 말에 수인은 침울해졌다. 사실 수인 역시 짱이에게 무슨 일이 생겼다는 것 정도는 알 수 있었다. 어쩌면 죽었을지도 모른다고 생각했으나 그 누구도 수인에게 정확한 사실을 알려 주지 않았기에 막연하게나마 언젠간 짱이를 다시 만날 수도 있지 않을까 생각했었다. 막상 이렇게 짱이의 죽음을 알고 나니 수인은 품고 있던 작은 희망마저 사라져 버린 기분이었다.

"근데 너희 엄마는 마지막 인사도 하지 못하게 짱이가 죽은 걸 알려 주지 않았지."

그 말에 수인은 고개를 돌려 어둑서니를 바라봤다. 분명 아까까지만 해도 수인의 눈높이만 했던 어둑서니는 어느새 수인보다 머리 하나가 더 커져 있었다. 수인은 훨씬 높은 곳에서 자신을 내려다보는 어둑서니에 점점 공포를 느끼기 시작했다. 어둑서니가 말했다.

"엄마는 왜 그랬을까?"

"…모르겠어."

"아직 모르겠으면 나를 따라와."

어둑서니는 수인의 걸음을 제멋대로 움직이게 했다. 수인은 어둑서니에게 끌려가다 문득 짱이의 무덤 앞에서 슬퍼하는 주영의 얼굴을 뒤돌아보았다. 이 슬픔은 누구의 기억일까, 수인일까 주영일까. 수인은 조금 헷갈리기 시작했다.

강렬한 빛을 내며 요란하게 주영과 벼리가 과거 도깨비 언덕에 도착했다. 주영이 정신을 차리기도 전에 그 환한 빛은 이내 사라졌다.

"뭐야 뭐야, 막 빛이 났어!"

"기억을 건너온 거니까."

흥분한 듯한 주영이 주위를 둘러보며 애써 침착하려 노력하고 있었다. 주영이 보기엔 아까 출발하기 전에 있던 곳과 별로 다를 바가 없었다. 의아한 마음으로 언덕 아래 고향 집을 바라보았지만 집 역시 크게 달라진 건 없어 보였다.

"뭐야, 여긴… 집 앞 언덕이잖아. 여기로 오려고 그렇게 요란을 떤 거야?"

"그냥 도깨비 언덕이 아니야. 여긴 과거의 도깨비 언덕이라고."

"뭐?"

벼리의 말에 주영은 주위를 유심히 둘러보았지만 비슷한 자연 전경만 보일 뿐이라 시간의 흐름이 제대로 느껴지지 않았다. 주영은 어깨를 으쓱했다.

"얼마나 과거인 거야?"

"아까 김서방이 떠올린 때라고 생각하면 돼."

"내가 떠올린 때? 아, 1년 전이구나. 그럼 크게 바뀐 건 없겠다."

주영은 납득한 듯 고개를 끄덕였다. 짱이가 죽은 건 고작 1년 전이었다. 세월의 변화를 느끼기엔 극히 짧은 시간이었다.

"근데… 수인이가 여기 있다고?"

"음… 그런 것 같아."

"어떻게 알아?"

"난 다른 사람의 기운을 파악하는 능력이 있어. 예전에 느꼈던 작은 김서방의 기운이 느껴져. 여기가 맞아."

"정말? 너 여러모로 쓸모가 있구나?"

주영의 칭찬에 벼리는 수줍은 듯 웃으며 짧은 다리로 열심히 주영을 쫓아갔다. 그제야 어린아이가 쫓아오기엔 자신의 걸음이 너무 빠르다는 걸 깨달은 주영은 천천히 걸음을 늦추기 시작했다.

"진작 과거로 올걸 그랬네. 그럼 수인이가 이런 일을 겪지 않아도 됐을 텐데."

"근데 과거로 오더라도 대부분 미래는 바뀌지 않더라고."

"왜?"

"같은 선택을 하니까."

"뭐?"

주영은 '무슨 말도 안 되는 소리를 하는 거야' 하는 얼굴로 바라봤지만 벼리는 대수롭지 않다는 듯한 표정이었다.

"김서방들은 그렇더라고. 바꿀 수 있는데 바꾸지 않아."

"무슨 소리인지 모르겠어."

"왜 그런지는 나도 잘 몰라. 지금까지의 경험으로 보면 그랬어."

벼리는 발아래 들꽃을 만지며 아무렇지 않은 듯 말했다. 스산히

부는 바람에 꽃들이 흔들렸다.

"너는 수인이가 정확히 어디 있는지 알아?"

"그것까진 알 수 없어. 이 근처에 있다는 건 알 수 있지만……."

"뭐야. 쓸모없는 도깨비네."

갑작스러운 주영의 핀잔에 벼리는 발끈하며 자리에서 일어났다. 그래봤자 주영보다 한참 아래였지만 잔뜩 몸을 부풀리며 억울하다는 표정을 지었다.

"아깐 쓸모 있다고 해 놓구선!"

시시각각 변하는 벼리의 표정이 재밌는지 주영은 계속 짓궂은 장난을 치고 싶어졌다.

"근데 넌 왜 나를 김서방이라고 부르는 거야?"

"다른 도깨비들이 다 김서방이라고 부르길래."

"그럼 나도 김서방이고 수인이도 김서방이고, 우리 인간들은 다 김서방인 거야?"

"응."

"헷갈리잖아. 넌 내가 너를 '야, 도깨비야!' 하고 부르면 좋겠어?"

"내 이름은 벼리라고!"

"그래, 나도 이름이 있는데 너는 왜 날 김서방이라고 불러. 자, 한번 내 이름을 불러 봐."

길을 걷던 주영은 멈춰 서서 벼리가 자신을 불러 주길 기다렸다. 갑자기 기대의 찬 눈으로 자신을 바라보는 주영에 부담감을 느끼는 벼리.

"어… 주영… 아?"

"아니지. 내가 너보다 나이도 많은데 누나라고 불러야 하지 않겠어?"

"누나아?"

벼리의 표정이 황당하다는 듯 익살맞게 바뀌었다. 그 모습에 주영은 풋 하고 웃음을 터뜨렸다. 문득 벼리와 장난을 치는 지금 이 순간을 예전에도 겪었던 것처럼 묘한 기시감이 느껴졌다.

"내가 예전에도 너한테 이런 말을 한 적이 있었어?"

"그랬지. 이제 좀 기억이 나?"

"아니… 그건 아닌데. 뭔가……."

어렴풋하게 기억이 날 듯 말 듯한 주영의 머릿속에 갑자기 수인의 얼굴이 떠올랐다. 그제야 자신이 이곳에 온 이유를 깨닫게 된 주영.

"맞다, 이럴 시간이 없어. 얼른 수인이를 찾아보자."

허둥지둥 어딘가로 향하는 주영의 모습에 벼리는 의아하다는 표정이 되었다.

"근데… 작은 김서방이 김서방에게 그렇게 중요한 사람이야?"

"주영."

주영이 호칭을 정정해 주었다.

"아, 그래… 주영이 너한테 그렇게 중요한 사람이야?"

주영은 벼리의 말에 이내 흡족한 표정을 지었다.

"당연하지. 자식이잖아. 난 엄마고."

"난 자식이 없어서 모르겠어. 그게 얼마나 중요한 거야?"

벼리의 물음에 주영은 선뜻 대답을 하지 못했다. 큰 눈을 깜빡이며 기다리는 벼리를 보니 주영은 더더욱 입이 떨어지지 않았다.

"부모에게 자식이란… 미래로 나아갈 수 있게 하는 힘이지."

"그런데 우린 과거로 왔잖아."

"그러니까 찾아야지. 수인이가 없다면 난 늘 과거 속에서 벗어나지 못한 채 살 거야."

"하지만 시간은 저절로 흘러가는 걸."

"그건 의미가 없단 말이야."

주영은 계속해서 쓸데없는 질문을 하는 벼리에게 독촉하듯 손을 흔들었다. 사실 주영도 그 정확한 답을 알지는 못했다. 명확한 이유가 있는 게 아니었다. 마음이 시키는 대로 행동했을 뿐이다.

주영의 마음도 모른 채 벼리는 자신만의 생각에 빠져 있었다. 혼자서 한참을 생각하던 벼리는 갑자기 정리가 된 듯 손뼉을 치며 웃기 시작했다.

"아, 자식은 의미 있는 미래를 만드는 존재라는 거구나."

궁금증이 풀렸다는 듯 벼리는 콧노래를 부르며 길을 나섰다. 되려 주영은 고개를 갸우뚱하고 물었다.

"넌 부모님 없어?"

"응."

"그럼 넌 어떻게 태어났어?"

"글쎄. 정신을 차려 보니 존재하고 있었다는 게 맞을까?"

"어떻게 그래?"

"몰라. 그냥 난 존재하고 있었어. 원래부터."

"그럼 어린 시절 기억은?"

총총거리며 뛰어가던 벼리는 다시 빙글 돌아 주영 앞에 우뚝 섰다. 벼리가 손을 들어 주영을 가리켰다.

"맨 처음 기억은, 주영이 네가 나한테 말을 걸었다는 것?"

"내가?"

"응. 네가 내 이름을 불러 줬어. 내 이름을 알려 준 게 바로 너야."

주영은 고개를 갸우뚱하며 그때를 기억해 내려 노력했지만 아무것도 떠오르지 않았다. 마치 상자 속에 봉인된 기억처럼 무언가가 그것을 덮고 있는 것 같았다.

"인간들은 참 이상해. 왜 그렇게 잘 잊어버리는 걸까. 나는 지금까지 내가 겪은 모든 일이 다 기억나는데 말이야."

"그러게 말이야. 나도 요즘은 더 금방금방 잊게 되더라고. 근데 가끔은 잊고 싶은 기억도 있어."

"하긴… 나도 그래. 예전에 호랑이한테 물렸던 기억은 잊고 싶어. 지금 생각해도 너무 아프거든."

"호랑이가 도깨비도 물어?"

"응. 그래서 난 호랑이가 무서워."

"도깨비는 팥죽을 무서워하지 않나?"

"으악!"

벼리가 별안간 소리를 내지르자 옆에 있던 주영도 덩달아 깜짝 놀랐다.

"깜짝이야!"

"그 무서운 단어는 다시는 꺼내지도 마……."

"뭐? 팥……."

"하지 말라고오오오오!"

주영의 말이 채 끝나기도 전에 벼리는 귀를 막고 저만치 달아나기 시작했다. 순식간에 사라진 벼리를 쫓이 주영도 허겁지겁 달려갔다.

"같이 가!"

벼리를 쫓아가면서도 장난스러운 표정의 주영은 이내 벼리를 따라잡고는 입 모양으로 '팥죽'이라고 말하며 장난을 쳤다.

7.

수인은 어둑서니를 따라 험한 산길을 걷고 있었다. 해가 지려고 하는지 하늘이 붉게 물들었다. 이전 같으면 따뜻하다고 느꼈을 하늘의 색을 보며 수인은 왠지 음침하다 느꼈다.

산길을 한참 걷던 터라 수인은 점점 다리가 아파 오기 시작했다. 더 이상은 못 걷겠다는 듯 수인이 풀썩 주저앉자 그 옆으로 어둑서니의 그림자가 슬며시 다가왔다.

"꾀병 부릴 생각이거든 포기해."

음산한 목소리에 잔뜩 주눅이 든 수인은 몸을 일으키려고 했지만 다리가 풀려 다시 주저앉고 말았다. 더 걸을 힘이 남아 있지 않았다.

"안 갈 거야? 이대로 어둠에 묻히고 싶어?"

"아니… 잠깐만… 다리가 아파. 아까부터 계속 왔다 갔다 했잖아."

수인은 다리를 주무르며 어둑서니의 눈치를 봤다. 어둑서니의 그림자는 그 옆에 우두커니 서 있더니 이내 힘을 뺀 듯 작아지기 시작했다.

"인간의 몸이 약하다는 걸 생각하지 못했군. 좋아. 그럼 조금만 쉬었다 가지."

수인은 잠시라도 쉴 수 있다는 사실에 안도의 한숨을 내쉬었다. 너무 오래 걸어서 발이 퉁퉁 부은 것 같았다. 문득 수인은 어둑서니가 원하는 것이 무엇인지 궁금해지기 시작했다. 자신을 과거로 데리고 와서 짱이의 죽음을 알려 준 것 외엔 아직까지 아무 일도 일어나지 않았다.

"대체 날 어디로 데리고 가는 거야?"

수인의 질문에 어둑서니는 미동도 없이 그대로 머무른 채 말했다.

"글쎄. 우린 어디로든 갈 수 있지."

"그런데 왜 안 가는 거야? 똑같은 길만 계속 걷고 있잖아."

"기다려야지, 때를."

그제야 수인은 자신의 느낌이 맞는다는 생각이 들었다. 어둑서니는 누군가를 기다리고 있었다. 그게 누구인지 수인은 알 수 없었다.

"날… 잡아먹을 거야?"

수인의 말에 어둑서니가 음산하고 낮은 음성으로 웃기 시작했다. 몇 번이나 들었던 웃음소리였지만 왜인지 지금은 더더욱 소름이 끼쳤다.

"널 잡아먹을 수도 있지. 하지만 지금은 아니야."

"?"

"그렇다고 하더라도……."

어둑서니는 수인을 위협하듯 몸을 부풀렸다. 자신의 말을 또박또박 받아치기 시작하는 수인의 태도가 마음에 들지 않는다는 뜻이었다.

"허튼 생각은 하지 않는 게 좋을 거야. 나는 다 알고 있으니까… 그 어두운 기억을……."

자신의 시야를 다 가릴 만큼 커져 버린 어둑서니의 모습에 수인은 겁에 질린 표정이 되었다. 그제야 수인은 어둑서니가 마음만 먹으면 언제든지 자신을 집어삼킬 수 있을 만큼 커졌다는 사실을 깨닫게 됐다.

"엄마……."

겁에 질리자 자신도 모르게 툭 튀어나온 수인의 말에 어둑서니의 기세가 잠시 수그러졌다. 수인의 눈에 눈물이 고이기 시작했다.

"엄마… 보고 싶어……."

"보고 싶다고? 너한테 그렇게 매정하게 대하고 너에 대한 생각을 요만큼도 안 하는데?"

"아니야. 엄마는… 분명히 날 찾고 있을 거야……."

수인의 말에 어둑서니는 또다시 박장대소하기 시작했다. 어두운 그림자라 그 표정이 잘 보이지는 않았지만 냉혹한 비웃음 그 자체였다.

"네 엄마는 네가 여기에 온 것도 모를걸? 아니지. 오히려 네가 사라졌다고 좋아하고 있을 거야."

어둑서니의 말에 애써 참고 있던 울음이 금방이라도 터져 나올 것처럼 수인은 눈물이 그렁그렁해졌다.

"아니야……."

"지금쯤이면 귀찮은 아이 하나 없어져서 해방이라며 혼자 집에 가서 편히 쉬고 맛있는 걸 먹고 있겠지. 어른들에게 아이들은 늘 챙겨 줘야 하는 거추장스럽고 귀찮은 존재거든."

"아니야… 우리 엄마는……."

수인은 점점 어둑서니의 말을 반박할 수가 없었다. 자신의 내면 깊은 곳에서부터 들려오는 소리가 있었기 때문이었다.

어쩌면, 어쩌면 어둑서니의 말이 맞을지도 모른다는 사실이었다. 어쩌면 엄마가 자신을 귀찮다고 여기지 않을까 수없이 생각했던 적이 있었기에. 함께 놀자는 말조차 꺼내기 힘들었던 때가 있었기에. 그래서 수인은 점점 어둑서니의 말이 맞을지도 모른다고 생각하기 시작했다.

"수인아!"

수인이 어둑서니의 말에 거의 설득되고 있을 무렵, 수인의 뒤편에서 익숙한 목소리가 들렸다. 주영과 벼리가 수인을 향해 다급히 달려오고 있었다.

"왔군."

주영의 등장에 어둑서니는 마치 기다렸다는 듯 아무 움직임 없이 그들을 바라보았다.

"수인아!"

"엄마!"

주영의 모습에 정신이 든 수인은 주영에게 달려가려 했지만 어둑서니는 움직이지 못하도록 수인의 다리를 그림자에 묶어 버렸다. 수인의 몸이 묶여 한 걸음도 뗄 수 없는 상태가 되자 주영은 마음이 다급해졌다.

"수인아!"

아까까지만 해도 붉게 물들었던 하늘은 해가 지기 시작하면서 점점 어두워지고 있었다. 벼리는 주위를 둘러보며 난감해했다.

"해가 지면 어둠이 강해져서 어둑서니가 더 힘을 얻게 돼."

"그럼 어떻게 해야 하지?"

"잠깐 동안은 내가 빛을 환하게 비출 수 있어. 빛이 있으면 그림자가 사라지는 틈이 생기거든. 그때 어둑서니에게서 작은 김서방을… 아니, 수인이를 떼어 내는 거야. 그때까지만 어둑서니의 시선을 끌어줘."

말을 끝내고 벼리가 모습을 감추자 주영은 무언가 결심한 듯 어둑서니를 향해 다가갔다. 주영을 본 어둑서니가 드디어 입을 뗐다.

"용케 여기를 찾아냈구나. 하지만 호락호락 넘겨줄 순 없지."

"수인이를 놔줘!"

"아이는 너보다 나랑 있는 게 더 좋아 보이는데?"

"아니야! 엄마한테 돌아갈 거야! 놔줘 이 괴물아!"

수인은 자신을 묶고 있는 그림자를 떼어 내기 위해 이리저리 발을 움직여 봤지만 아무 소용이 없었다. 그럴수록 그림자는 더더욱 수인을 옥죌 뿐이었다. 그림자는 이제 수인의 팔까지 묶어 옴짝달싹도 못 하게 만들어 버렸다.

주영은 최대한 침착함을 유지하며 어둑서니에게 말했다.

"네가 원하는 게 뭐야? 다 들어줄 테니 아이를 놔줘."

"역시 어른은 다르네. 협상을 하자는 건가? 내가 원하는 거? 하찮은 인간이 그걸 들어줄 수 있을 거라 생각하나?"

"뭘 해서든, 어떻게 해서든 들어줄게. 아이를 놔줘."

"이제 와서 그렇게 말해 봤자 소용없어. 다 네가 선택하고 네가 자초한 일이야."

주영이 어둑서니의 시선을 끌며 대화를 시도하는 사이 작은 도깨비불로 변한 벼리가 어둑서니의 뒤편으로 천천히 다가갔다.

"지금이야!"

주영의 말에 도깨비불은 순간적으로 엄청난 빛을 내뿜었다. 빛이 환하게 비추자 순식간에 그림자가 사라지면서 수인을 잡고 있던 검은 손이 풀어졌다. 수인이 바닥에 쿵 하고 떨어졌다. 주영은 재빨리 다가가 수인을 끌어안으며 다친 데가 없는지 살폈다.

"수인아, 괜찮아?"

"아야… 난 괜찮아, 엄마."

"시간이 없어. 얼른 가자."

주영이 다급하게 수인의 손을 잡았다. 하지만 도깨비불이 조금씩 약해지자 주영과 수인 주위로 삽시간에 어둠이 엄습했다. 다시 힘을 되찾은 어둑서니는 주영의 그림자를 흡수해 주영과 수인이 움직이지 못하도록 그들의 그림자를 고정시켰다. 당황한 주영이 말했다.

"다리가… 다리가 안 움직여."

"어둑서니는 그림자를 조종해. 지금 어둑서니가 주영이 네 그림자를 잡고 있어. 그래서 못 움직이는 거야."

벼리의 말에 주영은 더 크게 발버둥을 쳐 보았지만 주영의 몸은 돌처럼 굳은 듯 움직이지 않았다. 되려 어둑서니는 주영의 그림자를 이용해 주영과 수인이 잡은 손을 떨어뜨려 놓았다. 그리고 수인을 낚아채기 위해 수인 곁으로 슬며시 다가왔다.

"안 돼!"

그때 잠시 숨을 고르던 벼리는 기력을 회복하기도 전에 다시 어둑서니를 향해 달리기 시작했다.

"내 친구 괴롭히지 마!"

아까 강한 빛을 내느라 힘을 다 써버린 벼리는 겨우 힘을 짜내 얇은 빛의 밧줄로 변했고, 어둑서니의 검은 손을 묶어 버렸다. 덕분에 수인은 무사히 도망칠 수 있었다.

"이 하찮은 도깨비 녀석이!"

어둑서니는 어둠을 한껏 부풀려 자신을 묶었던 줄을 끊어 버렸다. 그 바람에 변신이 풀린 벼리는 바닥으로 내동댕이쳐졌다. 어둑서니는 다시 그림자 손을 뻗어 벼리의 목을 조르며 벼리를 공중으로 들어 올렸다.

"벼리야!"

수인이 벼리를 구하기 위해 어둑서니에게 달려가 매달리자 벼리를 움켜쥐고 있던 그림자 손이 풀리며 또다시 벼리가 바닥에 떨어졌다.

수인의 공격으로 그림자들 사이에 균열이 생기면서 어둑서니에게 붙잡힌 주영의 그림자도 풀렸다. 주영은 본능적으로 수인에게 달려가 손을 잡았다. 그리고는 무작정 달렸다.

"엄마! 벼리!"

주영은 그제야 어둑서니의 그림자 밑에 쓰러져 있는 벼리를 봤다. 벼리는 바닥에 쓰러져 고통스러운 듯 콜록거리고 있었다. 수인은 벼리를 구하기 위해 주영의 손을 잡고 이끌었지만 주영은 꼼짝도 하지 않다가 오히려 수인의 손을 반대쪽으로 당겼다.

"안 돼."

주영의 단호한 말에 수인은 이해할 수 없다는 표정이 되었다.

"벼리랑 같이 가야지."

"지금 가야 해."

"엄마……."

"수인아 어쩔 수 없어. 우리끼리라도 가야 해."

"어떻게 그럴 수 있어?"

"엄마는 수인이 네가 더 중요해. 그러니까……."

수인은 조용히 주영의 손을 놓았다. 주영은 당황하며 수인의 손을 다시 잡으려고 했지만 수인은 손을 뒤로 감췄다.

"그럼 나도 중요해지지 않으면 버릴 거야?"

주영은 황당하다는 표정으로 수인을 바라봤다.

"그게 무슨 소리야."

"나보다 더 중요한 게 생기면 놓고 갈 거냐고."

"수인아……."

주영과 수인이 대립하는 사이 순간적으로 둘 가운데 검은 벽이 생겨났다. 어둑서니가 둘 사이를 비집고 들어온 것이다.

"그래. 당연히 버리겠지. 지금까지 늘 그래 왔잖아."

수인을 감싸며 어둑서니가 낮은 목소리로 속삭였다.

"아니야! 내가 수인이를 왜 버려!"

주영은 어둑서니로 가로막힌 벽을 두드리며 소리쳤지만 수인은 이미 어둠에 조금씩 스며들기 시작했다. 어둑서니가 주영을 보며 웃었다.

"정말? 그럼 그동안 네가 보였던 행동들은 뭐지?"

"내가 언제!"

"기억이 안 난다면 보여 주지."

어둑서니가 보여 주는 기억들이 주영의 눈앞에 나타났다.

살다 보면 유독 지치는 날이 있다. 할 일이 많거나 몸이 아프거나 기분이 좋지 않은 날. 그런 날 바라는 건 단 하나였다. 조용한 휴식. 그날 주영도 현관문을 들어서면서 그렇게 생각했다.

"수인아. 엄마 왔어."

하지만 주영의 바람과 다르게 거실로 내딛는 발에 뭔가가 툭 치이는 게 느껴졌다. 내려다보니 작은 종이 뭉치가 있었다. '이게 뭐지?' 하며 종이 뭉치를 주워 거실로 온 주영은 사방이 어질러진 거실을 보며 기겁했다. 발밑에서는 짱이가 꼬리를 살랑거리며 반기고 있었다.

"정수인! 거실이 이게 뭐야!"

주영은 고개를 두리번거리며 수인을 찾았지만 수인은 어디 있는지 보이지도 않고 묵묵부답이었다. 주영은 거실에 어질러진 종이 뭉치들을 주워 정리했다.

"이게 뭐야 대체! 세상에 쓰레기장이 따로 없네. 정수인! 빨리 안 나와?"

수인이 방문 뒤에서 빼꼼 내다보며 주영의 눈치를 봤다. 슬금슬금 걸어 나오는 수인은 혼날 것을 예감한 듯 어색하게 웃었다.

"엄마 왜 이렇게 빨리 왔어… 사실은……."

"너 이게 뭐야. 엄마가 이렇게 어지르고 놀라고 했어?"

"아니요……."

풀이 죽어 머뭇거리는 수인의 모습이 보이지 않는 듯 주영의 잔소리는 그칠 줄 몰랐다.

"근데 이렇게 어지르면 어떡해. 집에선 제발 좀 쉬자. 엄마가 회사에서 일 끝내고 집에 와서도 일을 해야겠어?"

"사실은……."

"그만하고 빨리 못 치워? 세상에 이렇게 어지르면 신경 쓰여서 살겠어? 씻지도 못하고 이게 뭐야? 엄마는 회사에서도 일하고 집에서도 일해야 해? 네가 일거리 안 만들고 얌전히 지내면 좀 좋아? 엄마가 이렇게 고생해야겠냐고?"

주영은 거실을 치우며 내내 신경질적으로 수인에게 잔소리를 해댔다. 수인은 등 뒤에 숨기고 있던 종이 뭉치를 꺼내 바닥에 있는 종이들과 같이 정리했다. 부스럭거리며 정리를 하던 주영이 갑자기 수인을 보며 깊은 한숨을 내쉬었다.

"수인아. 잠깐 이리로 와 봐."

주영의 부름에 수인은 기대에 차 달려갔다. 힘들고 지친 마음에 소리를 질러서 미안하다고, 오늘은 유난히 힘들어서 그랬다고. 그렇게 미안하다는 말과 함께 따뜻한 포옹을 해 줄 거라 기대했다. 그런 수인을 진지한 표정으로 바라보는 주영의 눈빛이 보였다.

"혹시… 내일부터 할머니네에서 등원하지 않을래? 엄마가 이번에 프로젝트를 맡아서 너무 바쁘거든. 그래서 오늘처럼 이렇게 매일 어질러져 있고 그러면 너무 힘들 것 같아."

주영이 말하는 할머니네는 바로 근처에 살고 있는 대준의 부모님 집이었다. 시댁에선 이미 다른 손자들을 보살피고 있지만 간혹 주영과 대준이 너무 바쁘면 몇 시간씩 수인을 맡아주곤 했다.

"할머니네? 재민이랑 재형이네?"

"그래. 수인이 재민이랑 친하잖아."

"그치만 거기서 놀기만 했지 자고 그런 적은 없었잖아."

"며칠만 거기서 지내도 괜찮지 않을까? 수인이 너도 혼자 있는 것보단 동생들이랑 있는 게 더 좋잖아."

수인은 입을 꾹 다물었다. 주영은 아이들이 마냥 잘 어울려 지낼 거라고만 생각했다. 하지만 수인은 재민이 재형이와 놀 때마다 할머니가 자신에게 양보를 강요한다는 것을 알고 있었다. '누나니까' 무엇을 하더라도 어린 동생들에게 배려하고 양보해야 했다. 사실 양보까진 괜찮았다. 하지만 수인은 그곳에서 할머니의 관심이 자신보단 어린 동생들에게 더 향해 있다는 사실에 소외감을 느끼곤 했었다.

"…노는 건 좋지만 자고 오는 건 싫어."

조그만 목소리로 수인이 말했다. 주영은 깊은 한숨을 들이쉬고 내쉬었다. 수인은 한숨의 의미를 잘 알고 있었다. 말도 지지리 안 듣는 아이, 일하는데 거슬리는 짐 같은 아이, 귀찮고 치워 버리고 싶은 아이. 수인은 그 모든 말이 한숨에 담겨 있다고 생각했다.

수인은 침대에 엎드려 훌쩍거렸다. 수인의 머리맡엔 종이 도안 한 장이 놓여 있었다. '종이 뭉치로 만드는 눈사람' 이라는 제목의 도안이었고 유치원에서 받은 가정 통신문엔 '부모님과 함께 만들어 보세요' 라는 문구가 귀여운 글씨체로 적혀 있었다. 이 사실을 알 리 없는 주영의 야속함에 수인은 이불을 덮어쓰고 혼자 훌쩍거렸다.

"네가 울고 있는데 아무도 도와주지 않았어. 아무도 알아주지도 않았어. 난 그걸 다 지켜보고 있었지."

어둑서니는 어느새 수인 옆에 서 있었다. 수인의 등 뒤로 보이는 그림자가 조금씩 커지고 있었다.

"엄만 늘 그랬어. 나를 귀찮아했어."

"수인아. 그렇지 않아."

"엄마는 나보다 더 중요한 게 많았어. 나는 엄마에게 필요 없는 존재였어."

"아니야. 아니라고."

수인의 송곳 같은 말에 주영은 괴로웠다. 하지만 수인이 내뱉는 냉정한 말에 주영은 변명조차 할 수 없었다.

"엄마는 진짜… 날… 사랑하지 않는 거였어……."

수인의 말이 끝나자 어둑서니는 어둠 속으로 수인을 데리고 사라졌다. 어둠으로 짙게 깔린 사방, 어둑서니의 음산한 웃음소리만 가득했다.

8.

엄마가 섬그늘에 굴 따러 가면, 아기는 혼자 남아 집을 보다가,

파도가 들려주는 자장노래에, 팔 베고 스르르르 잠이 듭니다.

주영이 어릴 때 엄마가 종종 불러 주던 노래였다. 낮은 목소리로 노래를 불러 주면 마음이 따뜻해지고 심장이 조금 천천히 뛰는 기분이 들었다. 그럴 때마다 항상 창밖에선 살랑거리며 바람이 불었다. 춥지도 덥지도 않은 바람이 머리카락을 흔들었다. 그 시간은 주영이 떠올리는, 몇 안 되는 엄마에 대한 추억이었다.

주영은 주로 혼자였다. 외딴곳에 살던 주영은 근처에 같이 놀 친구도 없었을 뿐더러 늘 바쁜 부모님 때문에 집에 혼자 있는 날이 많았다.

외로움이 무엇인지도 몰랐던 어린 주영은 그저 쓸쓸하고 무서웠다. 함께할 존재가 없다는 사실은 이 넓은 세상을 더욱 더 넓고 외롭고 허전한 곳으로 만들었다. 주영은 어제 겪었던 재미있는 이야기를, 오늘 느꼈던 허전한 슬픔을, 내일 꿈꾸고 싶은 들뜬 희망을 누군가와 이야기하고 싶었다. 공유할 수 없는 감정은 아무런 의미가 없어 보였다.

그래서 어른이 된 주영에게 어린 시절의 기억은 검은 어둠과도 같았다. 시작도 끝도 알 수 없는 캄캄함과 그 안에 외롭게 웅크리고 있던 어린 자신의 모습. 떠오르지도, 애써 떠올리고 싶지도 않은 기억이었다.

하지만 문득문득 그 기억 속에서 누군가와 까르르 웃던 자신의 모습이 생각나기도 했다. 상황이 명확히 기억나진 않았지만 그 웃음소리만큼은 즐겁고 행복하다고 느껴졌다. 함께 웃고 함께 뛰놀던 그 아이들은 누구였을까.

다시 또 노랫소리가 들리기 시작했다. 마음이 평온해지는 노랫소리.

주영은 노래에 맞춰 허밍을 낮게 읊조리며 따라했다. 무거운 무언가에 눌려 가라앉아 있던 기분이 조금씩 나아지기 시작했다. 천천히 눈을 뜨는 주영. 아직 명확하진 않지만 누군가 자신의 눈앞에 서 있었다. 따스하고 걱정스러운 눈빛으로. 그건, 아마…….

"엄… 마…?"

주영 앞에서 뿌옇게 보이던 형체가 점점 또렷해지기 시작했다. 형체는 이리저리 움직이며 갈라지고 명확해지더니 낯선 얼굴 셋이 되었다. 조금은 험상궂은 얼굴의 그들은 마치 신기한 괴생명체 보듯 주영을 바라보았고 쿡쿡 찌르기도 했다. 주영은 눈이 커다래지면서 몸을 벌떡 일으켰다.

"누, 누구세요?"

"김서방?"

낯선 얼굴 중 하나가 주영을 보며 물었다. 그러면서 자기들도 헷갈린다는 듯 의아한 표정을 띠며 고개를 갸웃거리고 있었다.

주영은 낯선 사람들 셋이 자신을 둘러싸고 있는 이 상황에서 벗어나기 위해 몽롱한 정신으로 몸을 일으켜 움직이기 시작했다. 앞도 제대로 보지 않은 채 비틀비틀 달려가던 주영 앞에 어느 틈에 쫓아왔는지 얼굴을 들이대고 서 있는 세 사람, 아니 세 도깨비.

"김서방 맞아?"

바로 앞에서 주영을 빤히 쳐다보는 도깨비들의 모습에 주영은 비명을 지르며 다시 놀라 자빠졌다. 주영의 비명에 주위에 있던 다른 도깨비들도 스멀스멀 모습을 드러냈다.

"진짜다! 김서방이다!"

"진짜 김서방이라고?"

"그동안 잘 지냈어?"

"하나도 안 똑같아!"

서로의 말들이 맞물리면서 주영은 당최 이들이 무슨 얘길 하는 건지 하나도 알아들을 수가 없었다. 어리둥절한 주영을 앞에 두고 자기들끼리 맞네 아니네 하는 목소리가 수선스러웠다. 목소리가 커지자 주영은 위협감을 느끼고 움츠러들었다. 그때 그 사이로 벼리가 불쑥 고개를 들이밀었다.

"주영아! 괜찮아? 이제 정신이 들어?"

벼리의 등장에 주영은 가족이라도 만난 것처럼 마음이 놓이며 표정이 환해졌다. 낯선 이들 틈에서 발견한 익숙한 얼굴이라니. 벼리의 물음에 주영이 답하려고 하는 순간, 뒤에 서 있던 지팡이 도깨비가 지팡이로 벼리의 머리를 콩 쥐어박았다.

"요놈아, 니 멋대로 과거로 가면 어떡해!"

벼리는 아픈지 머리를 문지르며 눈을 흘겼지만 정작 지팡이 도깨비에겐 아무 말도 하지 못했다. 그제야 정신이 조금 돌아온 주영이 상황을 파악했다.

"도… 도깨비?"

뒤늦은 주영의 반응에 도깨비들은 어이가 없다는 표정으로 말했다.

"뭐야, 이제 놀란 거야?"

"김서방 반응이 너무 늦네."

"옛날부터 원래 그랬잖아."

"그래도 이 정돈 아니었던 것 같은데."

도깨비들은 다시 하나둘씩 입을 뗐다. 갑작스러운 도깨비들의 웅성거림에 놀란 주영은 벼리를 붙잡고 그 뒤로 숨었다. 그 모습에 키가 제일 크고 무섭게 생긴 덩치 도깨비가 시무룩한 표정으로 말했다.

"김서방이 너무 오랜만이라 우리를 까먹었나 봐."

"미안한데… 우리… 서로 아는 사이야?"

"당연하지! 우리 친구였잖아."

"친구?"

주영의 물음에 덩치는 눈을 빛내며 고개를 끄덕였다. 주영은 도깨비들과 '친구'였던 과거를 기억해 내려 노력했지만 그들을 만났던 기억이라곤 도무지 떠오르지 않았다. 아니, 무언가 어렴풋이 떠오를 것도 같아 정신을 집중해 봤지만 검은 무언가가 가로막은 듯 어둡고 차가운 느낌밖에 들지 않았다.

"그래. 우리 여기서 같이 놀았잖아. 봄엔 찔레나무에서 나는 찔레순도 먹고, 여름에는 강가에서 다슬기를 잡고. 기억 안 나?"

"우리가?"

"가을에는 코스모스 엮어서 꽃왕관도 만들고 겨울엔 언덕에서 눈썰매도 타고… 우리 매일 같이 놀았잖아."

주영에게 열심히 과거의 추억을 이야기하는 덩치 옆에서 꼬챙이처럼 생긴 깔끄리 도깨비가 홱 하고 튀어나왔다.

"근데 진짜 그 김서방 맞아? 얼굴이 너무 늙었어."

갑작스러운 늙었다는 말에 발끈하는 주영.

"뭐라고?"

"성격도 나빠진 거 같은데?"

깔끄리가 계속해서 얄미운 말을 늘어놓자 주영은 욱하는 마음이 들기 시작했다. 그 사이 주영을 보고도 선뜻 다가오지 못하고 망설이던 한 여자아이가 주영의 곁으로 다가왔다. 아이는 대략 열다섯 살 즈음으로 보였다.

"진짜 김서방 맞아? 맨날 우리랑 놀던?"

험상궂은 도깨비들과 달리 귀엽고 낭랑한 목소리의 방석이를 보자 주영은 한층 풀어진 표정이 되었다.

“우리가 같이 놀았다고? 왜 난 기억이 하나도 없지?”

“어른이 되어서 그렇지.”

지팡이가 뒷짐을 지고 나타나 앞에 앉으며 말했다. 확실히 다른 도깨비들과 달리 지팡이는 원숙하고 어른스러운 분위기를 풍겨서 주영 또한 다가가기 어려운 느낌이 들었다.

“뭐라고… 요?”

자신도 모르게 존댓말이 나오자 주영은 괜히 민망한 듯 슬쩍 다른 도깨비들의 눈치를 봤다.

“김서방들이 어른이 되면 가장 먼저 하는 게 어린 시절의 일을 잊어버리는 거 아닌가? 수많은 김서방이 우리를 만났지만 커서도 우리를 기억하는 김서방은 한 명도 없었지.”

“그럼 나 말고도 만난 사람들이 더 있어?”

“당연하지. 도깨비는 인간들과 함께 살아가는 존재인걸. 우리는 어디에나 있어. 다들 기억하지 못할 뿐.”

“그럴 리가… 그렇게 싹 다 잊는다고?”

주영은 믿을 수 없다는 표정으로 지팡이의 이야기를 듣고 있었다.

“지금도 그렇잖아. 네가 여기 온 이유도.”

지팡이의 말에 주영은 그제야 자신이 이곳에 온 이유에 대해 떠올렸다. 과거로 온 이유에 대해서.

"난… 그래, 수인이… 수인이를 찾아야 해!"

주영이 외치자 도깨비들이 다시 주영의 주위로 모여들기 시작했다. "수인이가 누구야?" 하며 벼리에게 도깨비들이 물었지만 벼리는 대답하는 대신 조용히 집중하라는 듯 손가락을 입에 갖다 댔다.

"어둑서니가 데려간 그 아이 말인가?"

지팡이는 예상했다는 듯 말했다.

"맞아. 그걸 어떻게……."

"그건 그 아이 스스로 선택한 길 아니던가?"

지팡이의 말에 주영은 할 말을 잃은 듯 멍하니 지팡이를 바라보았다.

"너는 그걸 어떻게 아는 거야?"

"나는 이곳에서 오래 살았어. 이 근방에서 일어나는 모든 일은 한 번씩 겪어 봤다고 해야지."

"그럼 너는 내가 이곳에 올 거라는 것도 알고 있었어?"

주영의 물음에 지팡이는 묘한 표정으로 입을 다물었다.

"왜 대답하지 않는 거야?"

"대답을 한다고 해서 달라지는 건 없거든."

지팡이의 말에 주영은 혼란스러운 표정으로 벼리를 보고 물었다.

"벼리 너도 저런 얘기를 했었잖아. 너네 도깨비들은 뭐 아는 게 있는 거야?"

그러자 벼리는 당황한 듯 머리를 긁적거렸다.

"내가? 내가 그런 말을 했었나? 기억이 잘 안 나는데……."

"너… 도깨비들은 기억력이 좋다며! 너도 기억력 좋다며!"

"내… 내가 그랬나? 기억이 가물가물하네……."

말을 흐지부지 끝내고 벼리는 펑 하고 도깨비불이 되더니 멀리 달아나 버렸다. 주영은 황당한 얼굴로 쫓아가 봤지만 도깨비불은 이미 나무들 사이로 숨은 뒤였다.

씩씩거리던 주영은 포기한 듯 다시 지팡이 앞으로 다가왔다.

"그래도… 그래도 수인이를 찾을 거야. 너네가 아는 다른 방법은 없는 거야? 수인이를 찾을 다른 방법 말이야."

주영은 자신을 바라보고 있는 도깨비들을 향해 도움을 요청했지만 그 누구도 선뜻 의견을 내지 못하고 서 있었다. 주영은 조심스럽게 지팡이를 보며 물었다.

"다시… 다시 과거로 돌아가면 되지 않을까?"

"과거란 그렇게 밥 먹듯 갈 수 있는 곳이 아니야."

지팡이는 나무 위에 올라가 있던 도깨비불을 잡고 끌어내렸다.

그리고는 다시 원래의 모습으로 변한 벼리의 머리를 지팡이로 콩 내리치며 말했다.

"욘석이 너한테 자세히 설명 안 했지?"

"무… 뭘?"

벼리는 아픈지 눈물을 찔끔 흘리곤 머리를 문지르며 더듬더듬 변명했다.

"아니, 말을 하려고 했는데……."

지팡이는 또다시 벼리의 머리를 콩 때렸다.

"말하긴 뭘 해. 네 멋대로 과거로 데려가면 다 해결될 줄 알았냐, 욘석아!"

지팡이가 계속 벼리의 머리를 콩콩 때리자 벼리는 주영의 반대편으로 도망가기 시작했다.

"그만 때려! 머리 나빠져!"

"무슨 소리예요? 무슨 설명?"

두 도깨비의 대화가 무슨 뜻이지 모르는 주영은 어리둥절할 뿐이었다. 지팡이 도깨비는 지팡이를 다시 거둬들이고 말했다.

"기억과 기억을 옮겨 다니는 건 인간이 할 수 없는 일이야. 우리 같은 도깨비들도 함부로 할 수 없어. 그래서 규칙이 있지."

"규칙?"

"과거로 가면 다시 현재로 돌아올 수 없어. 과거로 간 시점부터 다시 시작이야. 그 지점부터 다시 살아야 하는 거야."

지팡이의 말에 주영은 아연실색한 표정으로 벼리와 지팡이를 바라보았다. 벼리는 말하지 않은 자신의 책임인가 싶어 위축된 듯 눈치를 보며 조용히 서 있었다.

"뭐, 뭐라구? 그럼 난 지금 1년 전으로 돌아온 거야?"

"그렇지."

"그럼… 기억은? 나는 미래의 기억을 다 가지고 있는데?"

"기억은 모두 가지고 있어."

"그래도 1년 전부터 다시 살아야 한다는 거야? 그럼… 다시 현재로 돌아가는 방법은?"

"시간은 그렇게 맘대로 왔다 갔다 하는 것이 아니야. 과거는 이미 겪은 일이니 돌아갈 수 있어도 과거로 돌아간 이상 그 순간부터 미래는 바뀌지. 그러니까 전에 살던 현재로 돌아갈 수는 없는 거야."

"그… 그럼… 수인이는? 그럼 여기에도 과거의 수인이가 있어야 할 거 아니야?"

"시간은 갈래가 나눠질 수 있지만 사람은 하나야. 현재의 그 아이가 어둑서니에게 붙잡혀 있는 상태라면 과거의 그 아이도 현실에 존재하지 않아."

"존재하지 않는다고? 그럼 수인이는 어떻게 되는 건데……."

"사라진다는 건 몸이 사라지는 게 아니야. 기억에서 잊힌다는 거지. 어둑서니에게 붙잡히면서 1년 전 그 아이는 다른 사람들의 기억 속에 존재하지 않는 아이가 되었어. 이대로 계속 과거로 돌아간다면 과거의 기억 속 그 아이에 대한 모든 게 잊히는 건 시간 문제야. 기억에서 사라지면 존재도 사라지기 마련이야."

지팡이의 말에 주영은 절망한 듯 털썩 주저앉았다.

"그 아이가 선택한 거야. 김서방이 받아들여."

지팡이는 냉정한 표정으로 주영에게 말했다. 주영은 그 말에 고개를 푹 숙였다.

"어쩌면 이게 김서방이 할 수 있는 첫 번째 선택일지도 몰라."

"그건 또 무슨 소리야?"

"또다시 아이를 찾으러 가면 더 힘든 일을 겪을 거야. 내가 아는 게 뭐냐고 물었지? 다 말해 줄 수는 없지만 도와줄 수 있는 건, 김서방은 이제 더 이상 과거로 가지 않는 게 낫다고 말해 주는 것뿐이야."

"과거로 가지 않는 게… 나한테 도움이 된다고?"

주영의 말에 지팡이는 고개를 끄덕였다. 주영은 지팡이의 눈에서 진심으로 자신을 걱정하는 마음을 읽은 것 같았다. 지팡이는 주영을 위해 진심 어린 조언을 하고 있는 것이다. 하지만 주영은 이를 받아들일 수 없었다.

"대체 내가 과거로 가면 어떻게 되는 건데?"

"…바뀌는 건 없어. 말했잖아, 그 아이의 선택이라고."

"그렇다고 수인이를 혼자 둘 수는 없어. 겨우 일곱 살 밖에 안 된 아이라고."

"그 아이는 스스로 떠났어. 자기 선택에 책임을 져야 하는 거야. 일곱 살이든 한 살이든 본인의 삶을 사는 거라고."

"그렇다면 부모가 존재하는 이유가 뭔데?"

주영의 말에 지팡이는 할 말을 잃은 듯 가만히 있었다.

"너희 도깨비들은 그냥 존재한다며? 인간은 아니야. 우리는 스스로 클 수 없어. 태어났을 때부터 누군가 돌보지 않으면 결국 죽고 마는 그런 약한 존재야. 그래서 부모가 있는 거라고."

주영은 힘없이 터벅터벅 지팡이 앞으로 다가와 무릎을 꿇었다. 갑작스러운 주영의 행동에 지팡이는 물론 다른 도깨비들도 놀라 주영에게 다가왔다.

"제발 도와줘. 나를 도와줄 수 있는 건 너밖에 없어. 나는 수인이를 찾아야 해. 찾아서 꼭 할 말이 있어……."

지팡이는 잠시 생각하는 듯 한참을 말을 아꼈다. 그러더니 마침내 결심한 듯 주영을 보았다.

"삼신이면… 한번 부탁해 볼 수도."

"삼신?"

지팡이의 말에 주영의 눈이 커졌다.

"산 깊은 곳에 사는 삼신이 있어. 인간들의 삶을 관장하는 신이기에 도깨비들의 능력과는 차원이 다른 힘을 가지고 있지."

주영의 얼굴에 화색이 돌기 시작했다. 신이라니. 도깨비와는 차원이 다른 능력을 가진 신이라니. 어쩌면 악마 같은 어둑서니를 대적할 유일한 존재일지도 몰랐다.

"그럼… 삼신한테 가서 말하면 들어준다는 거야?"

"들어준다곤 안 했어. 한번 부탁해 볼 순 있다고 했지. 그렇지만 삼신을 찾는 것도 쉽게 할 수 있는 일은 아니야. 못 찾을 수도 있어."

주영의 눈이 반짝였다. 주저앉았던 다리에 힘이 생겼는지 자리에서 벌떡 일어났다.

"찾을 거야. 그리고 부탁해 볼게! 그 삼신은 어디에 계셔?"

지팡이는 벼리를 가리켰다.

"욘석이 도움이 될 거야."

벼리가 스스로를 가리키며 어리둥절한 표정을 지었다.

"나? 저요?"

"본인이 도움이 되는지 모르는 눈치인데?"

미심쩍어하는 주영의 말에 지팡이 도깨비는 말을 이었다.

"삼신이 어디에 사는지는 그 누구도 알 수 없어. 하지만 이 녀석은 존재의 기운을 파악하는 능력이 뛰어나. 아마 함께 다니면 도움이 될 거야."

벼리는 잽싸게 주영의 옆으로 와서 섰다. 주영은 고개를 끄덕이며 의지를 다잡았다. 그러다 문득 의문이 떠오른 얼굴로 지팡이에게 물었다.

"근데 왜 갑자기 과거로 가는 방법을 알려 주는 거야? 아까까지만 해도 그냥……."

"…우린 친구니까."

살랑거리며 바람이 불어왔다. 지팡이의 말에 주영은 살짝 눈물이 날 것 같았다. 옛날에도 그랬다. 툴툴대면서도 항상 세심히 챙겨 주었던 친구. 늘 곁에서 괜찮은지 묻던 친구.

"우리를 기억하지 못해도 괜찮아. 하지만 김서방이 힘들어하는 건 보고 싶지 않아."

"그럼… 과거로 돌아가지 말라는 건 정말 나를 위해서인 거야?"

"그래. 과거로 돌아가면 김서방은 힘들 게 뻔하거든."

"그걸 어떻게 알아?"

"나는 명확히는 볼 수 없어. 그냥 느낄 뿐이야. 하지만 그곳에서 김서방은 많이 울었어."

지팡이의 말에 다른 도깨비들이 흠칫 놀랐다. 방석이 힘없이 주영의 옷자락을 붙잡았다.

"그럼 가지 마. 그냥 여기 있자, 우리랑."

"나는……."

'엄마…….'

그때 수인의 목소리가 주영의 귓가에 들리는 듯했다. 놀란 주영은 고개를 돌려 봤지만 수인의 모습은 어디에도 없었다. 그제야 주영은 자신이 왜 이곳에 와 있는지 다시금 깨닫기 시작했다.

"나는… 수인이를 찾으러 가야 해."

"김서방, 괜찮겠어?"

덩치가 주영에게 다가와 걱정스러운 눈빛으로 물었다. 그 옆에는 깔꾸리도 함께 서 있었다.

"응. 나 괜찮아. 좋은 친구들이 있잖아. 그러니까… 괜찮을 거야."

주영의 의연한 목소리에 다른 도깨비들도 고개를 끄덕였다. 깔꾸리가 괜스레 샐쭉거렸다.

"예전 김서방, 만나서 반가웠어. 다음엔 종종 놀러와."

깔꾸리의 말에 주영이 씨익 웃었다.

"너 아까는 내가 늙어서 나 못 알아본 거 아니었어?"

"못 알아보긴! 좀 늙었어도 친구 못 알아보는 도깨비가 어디 있어!"

"야! 같이 늙어 가는 처지에 자꾸 늙었다고 할래?"

다시금 옥신각신 다투기 시작하는 주영과 깔꾸리의 모습에 다른 도깨비들도 함께 웃었다. 그 와중에 지팡이는 말없이 주영의 곁으로 다가왔다.

"삼신은 깊은 산속에 살고 있어. 인간에게 쉽게 모습을 보일 양반이 아니야. 하지만 또 모르지. 김서방의 뜻이 간절하다면 하늘이 감동해서 만날 수 있을지도……."

지팡이의 말에 주영은 고개를 끄덕였다.

"이 길을 따라 쭉 올라가 봐. 그러면 다른 쪽으로 통하는 길이 나올 거야. 벼리 녀석을 따라가. 이 녀석이 가는 방향은 언제나 맞아. 이상하다 싶어도 믿고 따라 가도록 해."

"알았어. 꼭 믿고 가 볼게."

"걱정하지 마! 내가 주영이 잘 챙길게!"

벼리를 보던 지팡이는 뭔가 얄미운지 지팡이로 콩 하고 다시 벼리의 머리를 때렸다.

"아야! 왜 때려!"

"왠지 얄미워……."

지팡이는 홱 돌아서더니 주영과 벼리가 가는 모습을 쳐다보지 않았다. 다른 도깨비들의 배웅을 받으며 길을 떠나는 주영과 벼리. 깔꾸리는 슬그머니 지팡이 곁으로 다가왔다.

"인사라도 해 주지."

"어차피 또 볼 텐데."

"그래도 이번엔 기억해 냈잖아. 달라질 수 있지 않겠어?"

깔꾸리의 말에 지팡이는 그제야 슬그머니 고개를 돌렸다. 저 멀리 주영의 뒷모습이 조그맣게 보였다.

9.

"왜 나를 잡아먹지 않는 거야?"

하염없이 산길을 걷던 수인이 어둑서니에게 물었다. 수인은 아까부터 어둑서니와 함께 계속해서 같은 곳을 걷고 있다는 걸 눈치챘다. 길 자체는 할아버지네 동네 도깨비 언덕을 향해 올라가던 길과 비슷하지만 교묘하게 가려진 어둠 틈으로 보이는 길은 끊어져 있었다. 어둑서니가 앞서가며 만드는 길을 걷고 있다는 느낌이었다.

수인은 어둑서니가 무언가를 기다리고 있다는 생각이 들었다. 그것이 무엇인지는 알 수 없었지만.

어느새 어둑서니는 수인을 감싸고도 남을 만큼 거대해져 있었다. 말하면서 수인이 발걸음이 멈추자 어둑서니는 마치 수인의 그림자가 된 것처럼 같이 멈췄다.

어둑서니는 천천히 기분 나쁜 웃음을 지어 보였다. 그림자 틈새로 날카로운 이빨이 보였다.

"왜? 지금이라도 잡아먹어 줘?"

어둑서니의 말에 겁을 먹을 법도 한 수인이지만 이제 더 이상 무서움도, 두려움도 느끼지 못하는 사람처럼 무표정으로 어둑서니를 바라보았다.

"나를 데리고 다니는 이유가 대체 뭐야."

당돌한 수인의 눈빛에 어둑서니는 조금 움츠러들었다. 그러면서도 공허한 수인의 태도가 재밌다는 듯 빙글 웃음을 지었다.

"넌 쓸모가 많거든."

어둑서니의 말에 수인은 의아하다는 표정을 지었다. 그 모습에 어둑서니의 낮은 웃음이 다시 공간에 퍼졌다.

"알려 줘? 그런데 그걸 알게 되는 순간 넌 더 이상 살아남을 수가 없는데?"

검은 그림자가 점점 더 커졌다. 그제야 수인은 어둑서니가 얼마나 커졌는지 알게 되었다. 그러자 애써 아무렇지 않은 척하던 수인의 마음에 조금씩 균열이 생기며 공포가 엄습하는 것을 느꼈다.

"진짜 알려 줘?"

어둑서니는 겁을 주듯 보란 듯이 몸을 부풀렸다. 짙은 어둠이 드리우자 수인은 금세 겁에 질린 얼굴이 되었다. 어쩌면 진짜 이 세상에서 사라질 수도 있다는 공포가 수인을 덮쳤다.

그러자 문득 수인은 자신이 키웠던 강아지, 짱이가 생각났다.

죽음 이후의 세상으로 사라져 버린 짱이. 이 세상에서 사라진다는 것을 가장 먼저 경험한 수인의 친구. 왜인지 모르겠지만 갑자기 떠오른 짱이 덕분에 어둑서니에 대한 공포가 조금은 수그러든 것 같았다.

위축된 수인의 모습에 어둑서니는 큰 소리로 웃으며 다시 원래의 크기로 돌아왔다.

"겁먹기는. 말했듯이 넌 아직 쓸모가 많아서 데리고 다닐 거니까 너무 걱정하지 말라고."

어둑서니의 말에 수인은 조용히 안도의 한숨을 내쉬었다. 그때, 문득 수인의 귓가에 짧게 강아지 짖는 소리가 들렸다. 수인이 놀라 주변을 돌아보았지만 아무것도 보이지 않았다. 익숙한 이 소리… 수인은 그제야 기억나기 시작했다. 이건 짱이가 자신을 부를 때 짖던 소리와 똑같다.

"왜 그래?"

"어디서… 강아지 소리가……."

"강아지? 여긴 내가 만든 어둠 속이야. 아무도 들어올 수 없다고."

어둑서니의 말에 수인은 고개를 갸웃하며 주변을 둘러보았지만 캄캄한 어둠 말고는 정말 아무것도 보이지 않았다. 그때 다시 멀리서 강아지 짖는 소리가 약하게 들렸다. 수인은 소리가 나는 쪽으로 다가가려 했지만 무언가에 가로막힌 듯 나아갈 수 없었다. 수인은 자신도 모르게 중얼댔다.

"짱이야……."

"뭐 하는 거야? 얼른 나를 따라 움직이라고."

어둑서니는 수인에게 갈 길을 재촉했다. 뒤를 보며 주저하는 수인은 어둑서니를 따라 천천히 발걸음을 움직였다. 타박타박하는 걸음 소리가 수인의 뒤에서 미세하게 들리는 듯했다. 수인은 그 걸음 소리마저 자신이 잘 알고 있는 소리라는 걸 깨달았다. 언제나 자신과 함께 걷던 짱이의 걸음 소리다. 수인은 점점 확신하기 시작했다. 짱이가 지금 이 어둠 속에서 자신을 구하러 나타났다는 것을.

"여긴 아까 걷던 곳 아니야?"

주영은 발걸음을 멈췄다. 아무리 숲속이라고 하지만 저 나무는 분명 아까 걷던 길에서 보았던 나무 같았다. 분명 앞을 향해 걷고 있지만 주변 풍경은 도깨비에 홀린 것처럼 똑같았다. 제자리걸음을 하는 것 같았다. 벼리와 함께 한참을 걷던 주영은 점점 확신이 사라지는 걸 느꼈다. 이렇게 걷기만 해서 삼신을 만날 수 있는 걸까? 신이라는 존재가 이렇게 쉽게 만날 수 있는 건가?

도깨비 언덕을 벗어난 이후부터는 계속해서 험한 산을 오르고 있는 주영과 벼리였다. 방향은 알 수 없었다. 어차피 산속에 들어온 순간부터 나무와 바위만 가득했다. 어느 쪽이 올라가고 내려가는 길인지도 헷갈리기 시작했다. 오로지 벼리의 감을 믿고 앞으로 나가는 수밖에 없었다.

터덜터덜 걷던 힘마저 빠지기 시작할 즈음 주영과 벼리는 큰 나무가 있는 바위 옆에서 잠시 휴식을 취하기로 했다. 헉헉대는 주영에게 벼리는 작은 조롱박에 담긴 물을 건넸다.

"고… 고마워… 물은 언제 챙겼어?"

"이거? 나 도깨비잖아. 원하는 건 뚝딱 만들어 낼 수 있다고."

장난스레 웃으며 말하는 벼리의 모습에 웃음을 짓던 주영은 갑자기 벼리에게 할 말이 있는 듯 뜸을 들였다.

"저기… 미안해."

"뭐가?"

물을 마시다 갑자기 사과하는 주영을 보며 벼리는 의아하다는 듯 눈을 동그랗게 떴다.

"저번에 수인이와 있을 때… 내가 어둑서니에게 붙잡힌 널 두고 가려고 했던 거……."

주영의 말에 벼리는 그제야 기억이 났다는 "아아!" 하며 짧은 탄식의 표정을 지었다.

"그거? 그래. 좀 서운하긴 했어."

벼리의 말에 주영은 대꾸할 말이 없다는 듯 고개를 푹 숙였다. 힘없는 주영의 모습에 벼리는 짐짓 아무렇지 않다는 듯 말을 이었다.

"그래도 괜찮아. 죽을 뻔하긴 했지만 그래도 살아 있잖아. 그럼 됐지, 뭐."

아무렇지 않게 사과를 받아 주는 벼리의 태도에 주영은 당황한 듯 말을 이었다.

"너는 참 단순해서 다행인 것 같기도 하고……."

"현재에 충실하다고 해 줘."

장난스러운 벼리의 표정에 주영은 그제야 얼굴을 피고 웃었다. 벼리는 그런 주영을 물끄러미 바라보았다.

"너 웃으니까 옛날 모습 나온다."

"그래? 내가 어릴 때 많이 웃었나."

"응. 많이 웃고 많이 울었지."

벼리의 말에 생각이 많아진 듯한 주영은 고개를 들어 멀리 풍경을 바라보았다. 그러고 보니 언제부터인가 자신이 잘 웃지 않았다는 생각이 들었기 때문이다. 언제부터였더라, 웃음을 잃기 시작한 게…….

"주영이 넌 왜 지금은 잘 안 웃어?"

"글쎄… 아마도 어른이 되어서 그런 게 아닐까."

"어른이 되면 왜 안 웃는데?"

"어른은 덜 울기 위해 덜 웃거든."

씁쓸하게 말하는 주영의 머리카락이 바람에 날렸다. 선선하게 부는 바람이 마치 주영의 머리를 쓰다듬는 듯했다. 덜 울기 위해 덜 웃는다는 주영을 위로하는 것처럼.

"좀 많이 울면 어때. 창피하긴 하지만 실컷 울면 속이 시원하다구."

"그러게. 나도 그렇게 솔직하게 살고 싶다. 그런데 이상하게 시간이 갈수록 그게 힘들어져."

벼리가 기억하는 주영은 좋으면 좋다고, 싫으면 싫다고 말하던 솔직한 아이였다. 도깨비와 인간이 친구가 된다는 것은 사실 힘든 일이었다. 그런 벽을 넘어서 서로 친구가 될 수 있었던 가장 큰 이유가 바로 주영의 솔직함 덕분이었다.

하지만 주영은 어느 순간부터 자신이 늘 참는다고 생각하기 시작했다. 가슴속에 있는 무언가가 목으로 가는 입구에서 틀어막힌 것처럼, 누군가 마이크를 꺼 버린 것처럼, 자기의 마음과 감정에 대해 말하려고 할 때마다 아무런 소리도 나오지 않았다. 그러면 넘쳐 버린 감정을 다시 목구멍 속으로 꿀꺽 삼키곤 했다.

그게 언제부터였더라… 주영은 생각해 보려 했지만 아무리 해도 떠오르지 않았다. 그냥 어느 날부터 그랬다. 어둠 속에서 시작된 어느 날.

“근데 처음엔 왜 날 기억하지 못했지?”

생각에 잠겨 있는 주영에게 벼리는 불쑥 물었다.

“글쎄. 사실 지금도 어릴 때 기억이 잘 안 나긴 해. 특히 엄마가 돌아가신 이후로…….”

주영은 무언가 떠오르는 듯 하던 말을 멈췄다. 벼리는 의아한 얼굴로 물었다.

“왜? 무슨 일이야?”

“그러고 보니… 엄마가 돌아가시기 전과 이후의 기억이 거의 없네… 한 번도 생각해 본 적이 없어.”

사뭇 심각해진 주영의 표정에 벼리는 별일 아니라는 듯 목소리를 크게 냈다.

“원래 인간들은 잘 잊어. 도깨비들의 건망증과는 차원이 달라. 도깨비들은 아차! 하면서 곧바로 떠올린다면, 인간들은 뭐랄까… 아예 새까맣게 잊는다고 해야 하니?”

벼리의 말에 주영은 고개를 끄덕였다. 자신만 그런 게 아니라는 사실이 위안이 되는 걸까.

“그런가… 그럼 너희 도깨비들은 많은 걸 기억하며 사는 거야?”

“그치. 가끔은 태어나기 전의 기억을 갖고 있는 경우도 있어.”

“그건 진짜 신기한데?”

"그치? 그렇지만 차라리 기억이 안 나는 게 나을 때도 있는 것 같아. 나도 겪어본 바로, 기억은 갖고 있는 것보다 잊어버리는 게 나아."

"왜?"

"모든 기억이 다 좋은 건 아니니까. 가끔 슬픈 기억들이 제멋대로 떠오를 때면, 큰 지우개가 있어서 그것만 싹싹 지웠음 좋겠어. 다시는 떠오르지 않도록."

기억의 지우개. 주영은 공감한 듯 고개를 크게 끄덕였다.

"나도… 나도 그러면 좋겠다."

"왜? 김서방도 지우고 싶은 기억이 있어?"

"많지. 지금 이러고 있는 것도 그렇고… 수인이한테 못해 줬던 기억들도 다… 다 지우고 싶어."

"그건 지우면 안 되지."

단호한 벼리의 말에 당황한 듯 주영은 벼리를 보았다.

"왜?"

"그걸 지우면 다시 또 못해 줄 거 아냐. 그걸 기억해 뒀다가 나중에는 그러지 말아야지."

벼리의 말에 주영은 말문이 막혔다. 요 작은 녀석이 얄밉긴 하지만 틀린 말을 한 적은 없다. 주영은 새삼 자신이 벼리와 왜 친구가 되었는지 알 것 같았다. 잘못된 줄 알면서도 매번 같은 실수를 반복하는 자신을 일깨워 주는 유일한 존재, 그것이 친구의 또 다른 이름이기 때문이다.

벼리는 다시 가던 길을 재촉했다. 어둠이 내리기 전에 길을 떠나야 했다. 그러나 천천히 길을 걷던 주영은 잠시 걸음을 멈추었다. 우두커니 서 있는 주영을 눈치채지 못하고 혼자 걷던 벼리는 뒤늦게 주영을 돌아보았다.

"안 갈 거야?"

"있잖아, 너도… 내 잘못이라고 생각해?"

"응?"

주영은 작고 얄밉지만 옳은 말을 해 주는 이 존재에게 한번 물어보고 싶었다. 주영의 마음 한쪽에 작은 의심 하나가 자리잡고 있었기 때문이었다. 이곳에 오게 된 이유. 수인이 자신보다 어둑서니를 선택한 이유.

"수인이 이렇게 된 거… 내 잘못이라 생각하느냐고."

황당한 표정으로 주영을 보던 벼리는 한참 동안 아무 대답도 하지 않았다. 주영은 벼리의 생각을 도통 알 수 없었다. 긍정인 듯 부정인 듯 아무런 감정도 없어 보이는 표정. 인간처럼 생겼지만 인간과는 다른 존재의 눈빛이었다.

"아니? 내가 왜 그렇게 생각하겠어."

한참을 걸려 나온 벼리의 대답에 주영은 자신도 모르게 안도의 한숨을 내쉬었다.

"수인이 스스로 선택한 거잖아."

냉정한 벼리의 말에, 안도하던 주영은 다시금 표정이 굳어졌다. 이를 아는지 모르는지 벼리는 자신의 생각을 천천히 말하기 시작했다.

"수인이가 너 말고 어둑서니를 택한 거잖아. 나는 사실 우리가 수인이를 찾는다고 한들 수인이가 우리와 같이 돌아갈지 확신이 안 서. 수인인 언제든 떠날 수 있어."

"그래도… 구하러 가야지."

"그렇지. 구하러 가야지. 그게 주영이 네가 원하는 거니까."

'네가 원하는 거니까.' 주영은 벼리의 이 말에 이상하게 불편한 감정이 들기 시작했다. 이 모든 건 자신이 원하는 것. 자신만 원하는 것. 어쩌면 수인이도, 벼리도 원하지 않는 자신만의 욕심이라는 것처럼 들렸다.

"그렇다면 네가 원하는 건 뭔데?"

주영의 물음에 벼리는 다소 피곤하다는 표정으로 주영을 바라보았다.

"그게 뭐가 중요해. 지금 우리는 주영이 네가 원하는 대로 삼신을 만나러 가는 길이잖아."

"그러니까 말해 보라고. 나만 가는 게 아니잖아. 우리가 가는 길이잖아.”

대뜸 감정적으로 추궁하는 주영의 모습에 벼리는 어리둥절해졌다.

“왜 화를 내는 거야?”

“화내는 거 아니야.”

“지금 화가 났잖아.”

“화 안 났대도!”

자신도 모르게 소리를 빽 지르는 주영. 둘 사이에 차가운 침묵이 이어졌다. 주영은 잠시 감정을 가라앉히고 벼리에게 사과했다.

“미안. 나도 모르게 예민해졌나 봐.”

“난 이유를 모르겠어.”

벼리는 또다시 긍정인지 부정인지 알 수 없는 표정으로 주영을 바라보았다.

“우리의 손을 뿌리친 건 수인이었어. 우리 손을 놓지 않았다면 떠나왔던 그때로 돌아갈 수는 없어도 다시 만난 때부터 함께할 수는 있었어. 하지만 그 아이는 우리의 손을 놓고 더 깊은 기억 속으로 숨어 버렸어. 그걸 넌 이해할 수 있어? 내가 인간이 아니라서 이해할 수 없는 거야?”

별안간 쏟아내는 벼리의 말에 주영은 아무런 대답도 할 수 없었다. 벼리의 말에 틀린 것은 아무것도 없었다. 주영에겐 아이를 되찾겠다는 마음 하나뿐, 그 어떤 것도 이치에 맞는 건 없었다. 어쩌면 주영은 자신을 책망할 것이 아니라 자신을 두고 떠나 버린 어린 딸을 책망해야 하는지도 모른다.

하지만 주영의 마음 한편에서 드는 알 수 없는 반발감이 이 모든 이성적인 상황을 무력화시켜 버렸다.

“내가 이런 말까진 하지 않으려고 했는데…….”

벼리는 결심한 듯 굳은 표정으로 주영을 바라보았다.

“수인이는 이미 존재 이전의 시간으로 넘어가 버렸어.”

“뭐?”

벼리의 말을 한 번에 이해하지 못한 주영 또한 굳은 표정으로 벼리를 바라보았다. 둘 사이에 서늘한 바람이 불기 시작했다. 마치 폭풍전야 같은 분위기였다.

“나는 기척만 느낄 수 있어. 수인이는 지금 우리가 공유하는 기억 속에 존재하지 않아. 멀리 떨어져 버렸어.”

“그렇다면…….”

“그래. 자신이 태어나기도 전의 기억으로 가 버린 거야. 지팡이 형님이 말했잖아. 돌아간 기억부터 다시 살아내야 한다고. 근데 수인이는 이미 자신의 존재 이전으로 가 버린 거야.”

주영은 한 방 얻어맞은 것처럼 벙쪄서 그 자리에 꼼짝도 하지 못하고 서 있다. 수인이는 이미 자신의 시간 이전으로 돌아갔다. 그 말은 수인을 구하러 간다고 해도 돌아오는 방법이 없다는 소리다.

주영은 절망스러운 듯 자리에 주저앉았다. 그제야 벼리는 자신이 너무 많은 이야기를 했다는 걸 깨달았지만, 언젠간 주영도 알아야 할 사실이었다.

수인은 눈앞에 있는 집이 익숙하다 생각했다. 할아버지네 집과 똑같이 생겼는데, 할아버지네 대문이 흰색이라면 이 대문은 파란색이라는 것 정도랄까. 수인은 현관 옆에 걸린 명패를 물끄러미 바라봤다. '이기중'이라고 적힌 이곳은 아무리 봐도 할아버지의 집이었다.

"여긴 할아버지네 집인데…? 또 여기야?"

"'또'라니. 여긴 처음일 텐데."

"무슨 소리야?"

"지금 이곳은 네가 존재하지 않았던 때라고. 지금은 네가 태어나기 훨씬 이전이야."

과거라는 사실에 놀라 고개를 돌린 수인은 자기 옆에 서 있던 어둑서니가 훨씬 더 커졌다는 것을 알게 되었다. 한참을 올려다본 어둑서니의 그림자는 수인의 눈동자에 일렁일렁 비쳤다. 두려움 속에서 작은 의문이 하나 생겼다.

"좀 이상해."

"?"

"넌 내가 쓸모 있어서 끌고 다닌다고 하지만… 항상 우리 할아버지 집 근처에서만 머물잖아."

당돌한 표정으로 말똥말똥 바라보는 수인의 태도에 어둑서니는 주춤하며 한참을 말을 잇지 못했다. 자신의 속내라도 들킨 듯 어둑서니는 다시 조용히 수인의 그림자 속으로 숨어 버렸다.

"…꼬맹이 주제에 눈치가 빠르군."

어둑서니가 점점 작아지고 있는 사이 수인은 대문에서 나오는 아줌마와 눈이 마주친 듯한 기분이 들었다. 익숙한 얼굴이라 생각하던 수인의 기억 속에서 무언가 떠올랐다. 바로 할아버지네 창고에서 발견했던 엄마의 어린 시절 가족 사진. 그 사진 속 할머니, 명순의 얼굴이었다. 지금 눈앞에 있는 아줌마가 돌아가신 할머니라는 것을 깨달은 수인은 자기도 모르게 조그맣게 중얼거렸다.

"할머니?"

수인의 작은 중얼거림을 들은 듯 명순은 고개를 들어 수인의 얼굴을 보았다. 수인은 마치 명순이 자신의 말을 들은 것 같은 착각이 들었다. 그틈에 어둑서니의 목소리가 수인의 귓가에 울렸다.

"전에도 말했잖아. 이곳에서 아무리 말해 봤자 기억 속 사람들은 듣지 못한다고. 거기다 네가 태어나기 훨씬 이전으로 온 거야. 넌 아무리 해도 저들과 닿지 못해."

"넌 누구니?"

착각이 아니었다. 명순은 수인을 똑바로 쳐다보며 의아한 표정으로 물었다. 어둑서니는 명순의 대답에 당황한 듯 중얼거렸다.

"어떻게… 말도 안 돼……."

자신을 바라보며 다가오는 명순의 말에 놀란 수인은 한 걸음 더 명순에게 다가갔다. 아까까지만 해도 단단한 철벽처럼 느껴졌던 어둑서니의 결계가 힘없이 사라진 기분이었다.

"할머니, 내가 보여요?"

"그럼 보이지? 넌 누군데 나보고 할머니라고 하는 거니? 내가 그렇게 늙어 보이니?"

"할머니! 저는……."

순간 어둑서니가 그림자를 뻗어 수인의 모습을 감춰 버렸다. 수인은 더 이상 목소리를 내지 못하고 어둑서니의 그림자에 갇혔다.

"어… 뭐야. 갑자기 어디로 갔지?"

명순은 순식간에 사라진 수인의 모습에 당황했다. 주변을 두리번거리며 아이를 찾는 사이 젊은 기중이 대문을 열고 나왔다.

"안 가고 뭐 하고 있어?"

"아까 어떤 꼬마애가 있었는데 갑자기 사라져서……."

"꼬마애? 무슨 꼬마애? 요새 일을 많이 하더니 체력이 떨어져서 헛것 본거 아니여?"

"이상하네… 방금 나보고 할머니라고……."

명순의 말에 기중이 피식 웃었다.

"거 사람 좀 꾸미고 다녀. 맨날 그렇게 일하는 복장으로 다니니까 아줌마도 아니고 할머니 소리를 듣지."

"누군 안 꾸미고 싶어서 그래? 일하면 이래저래 꾸밀 수도 없다고. 하여튼 난 일 갈게. 주영이 일어나면 밥 챙겨 먹이고."

명순은 삐친 듯 홱 돌아 길을 나섰다. 그 뒷모습을 보며 기중은 입가에 미소를 띠었다.

그때, 아까 수인이 있던 곳에서 부스럭부스럭 소리가 들렸다. 소리를 들은 기중이 의아한 표정으로 풀숲을 뒤적였다. 하얀 강아지 꼬리 같은 것이 슬쩍 보였다 사라졌다.

"음? 개가 있었나?"

기중은 의아하다는 듯 계속 풀숲을 뒤져 보았지만 아무것도 보이지 않았다.

10.

"그래도 수인이를 찾으러 갈 거야."

주영의 말에 벼리는 허탈하다는 표정으로 바라보았다.

"너 지금 내가 한 말을 이해한 거야? 다시 돌아가도 수인이를 되찾을 수 없을지도 몰라. 기억을 넘어갔다는 건, 모든 기억에서 잊힌다는 말이야. 특히 기억력 나쁜 너희 인간들의 기억에서 말이야."

"잊지 않을 거야."

벼리는 주영이 이제 고집을 넘어서 억지를 부리고 있다고 생각했다. 인간의 기억이 어떤지 뻔히 아는데 잊지 않을 거라니.

"주영이 넌 나도 잊었잖아."

벼리는 자신이 내뱉는 뾰족한 말이 조금은 지나치지 않았나 생각했다. 그럼에도 불구하고 주영을 깨우쳐야 한다고 믿는 벼리였다.

"그래도 수인이는 잊지 않아."

"하지만 잊을 거야. 넌 인간이니까."

"도깨비 주제에 네가 뭘 알아! 그렇게 멋대로 단정 짓지 마."

"그럼 평생 그 기억을 갖고 살게? 다시는 만날 수 없는 수인이를 기억하면서! 아무도 그 존재를 모르는데?"

벼리의 말에 주영은 말문이 막혔다.

"그렇게 살아갈 수 있어? 혼자만 알고 있는 수인이라는 존재를 품고, 그렇게 살 자신이 있냐고."

그제야 인간에게 왜 망각이란 게 존재하는지 주영은 깨닫게 되었다. 인간은 과거의 기억을 모두 품고 살아갈 수 없다. 모든 기억을 품고 살아가기에 인간은 너무나도 나약한 존재이기 때문이다.

도깨비처럼 모든 기억을 갖고도 아무렇지 않을 수 있는 존재가 아니다. 그리고 주영 역시 덜 울기 위해 덜 웃는 방법을 택할 만큼 약하고 약하다.

하지만 주영은 다시금 자기 안에서 올라오는 반발감을 느꼈다. 인간은 잊을 수 있지만 자신은 잊을 수 없다는 굳은 믿음. 어쩌면 세상 사람 모두를 다 잊는다고 해도 잊을 수 없는 단 하나의 존재, 주영에게 수인이 그러했다.

"수인이는 내가 꼭 찾을 거야."

"퍽이나. 지금 여기도 도깨비 도움 받아서 겨우 온 주제에."

벼리는 자신도 모르게 튀어나온 모진 말을 통제하지 못했다. '아차' 하는 표정으로 주영을 바라보는 벼리.

"그래. 지금까지 나 도와줘서 고마웠어. 하지만 이제부터 네가 같이 갈 마음이 없다면 나 혼자서라도 해 볼게."

주영은 벼리를 두고 휙 돌아섰다. 갑작스러운 주영의 말에 벼리는 당혹스러운 표정을 지었다. 이게 아닌데… 이렇게 가 버리면 안 되는데…….

하지만 일말의 미련도 없다는 듯 성큼성큼 걸어가는 주영의 뒷모습을 보자 벼리는 부아가 치밀었다. 벼리는 일부러 주영의 뒤통수에 대고 고래고래 소리를 질렀다.

"그래! 가 버려라! 혼자서 여기에 갇혀서 나가지도 못할 거면서! 그래, 가 버려!"

벼리도 그 자리에서 홱 돌아서 주영과는 반대 방향으로 저벅저벅 걸어갔다. 못마땅한 걸음으로 서서히 멀어지는, 솔직하지 못한 둘의 모습이 보였다.

어둠 속에서 어둑서니의 낮은 목소리가 수인의 귓가에 울렸다.

"이러면 안 되지."

"놔! 할머니한테 갈 거야."

수인은 자신을 묶고 있는 어둠에서 벗어나려 온 힘을 다해 발버둥 쳤지만 발이 공중에 떠 있는 것처럼 아무런 힘을 받지 못한 채 버둥거리고만 있었다.

"어딜 가려고. 여기까지 어떻게 왔는데 나를 방해하면 안 되지."

"놓으란 말이야!"

"이제 조금만 기다리면 돼… 조금만……."

어둑서니는 수인에게 점점 가까이 다가갔다. 겁에 질린 수인은 눈을 질끈 감았다.

'살려 줘… 살려 줘…….'

그때 수인의 등 뒤에서 "멍!" 하는 강아지 짖는 소리가 들렸다. 놀라서 고개를 돌아보자 자신을 향해 뛰어오는 하얗고 작은 강아지가 보였다. 강아지는 수인의 옆에 서더니 어둑서니를 향해 세

차게 짖었다. 수인은 그 강아지가 누구인지 한눈에 알아보았다.

"짱이야!"

"아니, 이 녀석이 여긴 어떻게 들어왔지?"

짱이는 아랑곳하지 않고 어둑서니를 향해 계속 짖었다. 어둠 속에서 울리는 개 짖는 소리에 힘을 잃은 듯 어둑서니의 어둠이 서서히 걷혔다.

그러자 아까 수인이 서 있던 풀숲이 나타났다. 짱이는 온몸으로 반가움을 표현하며 수인을 향해 달려들었다. 꼬리를 흔들며 뽀뽀를 해대는 짱이를 끌어안으며 수인의 그렁그렁한 눈에서 눈물이 떨어졌다.

"짱이야. 너 어디 갔었어. 얼마나 찾았다고. 어디 있었던 거야? 응?"

수인과 짱이가 감격의 재회를 하는 사이, 길을 지나가던 명순이 다시 수인을 발견하고는 놀란 듯 바라보았다.

"어? 저 아이는 아까 갑자기 사라졌던……."

짱이를 끌어안은 채 얼굴을 부비던 수인은 다시 만난 명순을 바라보았다.

"할머니!"

수인은 명순을 향해 달려갔다. 명순은 갑자기 달려오는 수인을 보고 난감해했다.

"얘, 너 아까부터 왜 자꾸 할머니라고……."

명순이 채 말을 마치기도 전에 수인은 명순의 품으로 와락 달려들었다. 명순이 당황해서 어쩔 줄을 모르는 사이 짱이까지 명순에게 달려들었다. 쿵 하고 넘어지는 세 사람, 아니 두 사람과 강아지 한 마리. 명순은 얼결에 엉덩방아를 찧었다.

"아이고 엉덩이야……."

"할머니 괜찮아요?"

아파하는 명순의 모습에 놀란 수인이 명순에게서 슬쩍 떨어졌다.

"아니, 그러니까 왜 자꾸 할머니라고……."

짱이는 명순의 곁으로 다가와 명순을 위로하듯 손을 핥기 시작했다. 그 모습에 웃음이 터진 명순은 짱이의 머리를 쓰다듬으며 말했다.

"근데 아까는 어디로 사라졌던 거니?"

"네? 아… 아깐 어둑서니 때문에……."

"어둑서니?"

도통 무슨 말인지 모르겠다는 표정의 명순이 무언가를 더 물어보려고 하자 수인은 불현듯 생각났는지 자리에서 벌떡 일어나 주위를 두리번거렸다.

"엄마… 엄마를 찾아야 해요."

"엄마를 잃어버렸니? 저런 딱해라. 그럼 아줌마가 도와줄까?"

"정말요, 할머니?"

'아줌마'라는 말에 돌아온 '할머니'라는 대답에 명순은 당황했다.

"아니… 할머니가 아니고 아줌마라니까."

수인은 명순의 말은 듣지 않은 채 짱이를 붙잡고 춤추듯 흔들었다.

"신난다! 할머니가 도와준대, 짱이야."

"아이고, 모르겠다… 그래, 그냥 할머니라고 해라."

명순은 포기한 듯 고개를 절레절레 저었다. 그 모습을 본 수인은 헤헤 웃으며 짱이를 쓰다듬었다.

기괴한 새 울음소리가 들렸다. 주영은 분명 길을 잃은 거라고 생각했다. 자기가 지금 어디에 있고 어디로 가는지 알 수 없었다. 바람이 불자 나무들이 휘청거리며 맞부딪치면서 스산한 소리를 냈다. 한참을 가도 가도 같은 곳만 나오는 듯한 기분이었다. 숨을 헉헉대며 계속 걷던 주영은 한쪽 구석에서 보이는 낯선 그림자를 발견했다.

주영은 발걸음을 멈추고 숨을 몰아쉬었다. 그림자는 기다랗고 묘하고 무섭게 생겼다. 갑자기 수풀 속에서 바스락 소리가 들렸다.

"…벼리야?"

자신도 모르게 튀어나온 이름이었다. 그제야 주영은 그동안 자신이 벼리에게 얼마나 많이 의지하고 있었는지를 깨달았다. 혹시나 벼리가 날 쫓아와 준 건 아닐까. 내가 걱정되어서 몰래 따라온 건 아닐까.

그때 주영은 벼리가 자신의 등 뒤에서 외쳤던 말들이 떠올랐다.

"그래! 가 버려라! 혼자서 여기에 갇혀서 나가지도 못할 거면서! 그래, 가 버려!"

이렇게까지 말했는데 다시 돌아올 리가 없었다. 주영은 애써 기대를 내려놓으려 했다. 기대하지 않아야 실망하지 않으니까. 그게 주영이 어른이 되면서 깨달은 처신 중 하나였다.

몸을 낮추고 발걸음 소리를 죽이며 주영은 그림자 쪽으로 서서히 다가갔다. 그림자는 그 자리에서 꼼짝을 안 하고 있었다. 주영은 나무 뒤에 몸을 숨기고 그림자의 원형을 보려 주의를 집중했다. 그때 갑자기 주영이 있는 나무 반대쪽에서 얼굴이 불쑥 튀어나왔다.

"으아아아악!"

주영의 비명에 놀란 새들이 푸드득 날아가 버렸다.

11.

주영이 정신이 들었을 땐 낯선 천장이 가장 먼저 눈에 들어왔다. 평범한 집처럼 보이지 않았다. 벽부터 천장까지 모든 것이 나무로 만들어진 작은 오두막 같은 집이었다.

아까 풀숲에서 너무 놀라 소리를 지른 것 같은데 그다음부터는 아무것도 기억나지 않았다. 분명 누군가가 자신을 이곳으로 데리고 왔을 것 같아 주위를 두리번거렸다.

“여기가 어디지?”

살짝 문을 열고 거실로 나온 주영의 눈에 갖가지 장식품과 가지런히 진열된 접시들이 들어왔다. 조금 오래되긴 했지만 고급스럽고 아직 쓸 만해 보이는 물건들이었다. 주영이 감탄하며 집 구경을 하는 사이, 부엌 쪽에서 인기척이 들려 왔다. 놀란 주영이 고개를 돌려 보니 낯선 할머니 한 분이 주영의 등장에 놀라는 기색도 없이 주전자에 차를 우리고 있었다.

뭣도 모른 채 남의 집 구경을 하던 주영은 민망한 마음에 할머니에게 물었다.

“누구… 세요? 제가 왜 여기에…….”

“산 한복판에 떡하니 누워 있는데 두고 오면 산짐승 밥이 될까 봐 데리고 왔지.”

눈을 껌뻑거리며 당황스러워하는 주영에도 아랑곳 않고 할머니는 찻잔에 쪼르르 차를 따랐다. 그리고 좋은 향을 풍기며 따뜻한 김이 모락모락 올라오는 찻잔을 주영에게 건넸다.

"민들레차네. 몸을 따뜻하게 해 줄 거야."

낯선 상황에 경계하던 주영은 온화하게 웃는 할머니를 보자 경계심이 누그러졌다. 할머니의 말대로 자리에 앉아 찻잔을 감싸 쥐자 따뜻한 기운이 주영의 손을 타고 온몸을 감싸는 것이 느껴졌다. 아까의 경계심은 사그라들고, 편안하고 포근한 느낌마저 들었다.

주영은 조심스럽게 찻잔을 들고 차를 한 모금 마셨다. 예전에 어디선가 마셔 봤던 민들레차와는 전혀 다른 맛이 났다. 주영의 눈이 휘둥그레졌다.

"향이 정말 좋네요. 예전에 한 번 마셔 봤는데, 그땐 이렇게 향도 좋지 않고 맛도 별로던데… 뭔가 비결이 있나 봐요."

주영의 말에 할머니는 빙그레 웃으며 다시 찻주전자에 차를 우리기 시작했다. 천천히 차를 우리고 잔에 따르는 할머니의 모습이 고요하고 평온한 마음을 전해 준다고 생각하는 주영이었다.

"비결이 뭐 있나. 정성으로 우리면 되지. 뭐든지 정성을 다하면 안 될 게 없거든."

주영은 다시 차를 한 모금 마시며 따뜻함을 느꼈다. 처음 보는 사람이었지만 마치 원래 알던 사람처럼, 할머니를 보자 심장이 천천히 뛰면서 편안해졌다. 할머니는 그런 주영을 빤히 쳐다보았다.

"근데… 젊은 처자가 이 깊은 산속에 뭔 일인가?"

"아… 그게……."

주영은 속으로 할 말을 열심히 찾았다. 아이를 잃어버려서? 도깨비 때문에? 삼신을 만나러? 그러나 어떤 말을 해도 낯선 할머니와의 평범한 대화를 이끌어 낼 수 없을 것만 같았다.

한참을 주저하는 주영의 모습에 할머니는 빈 찻잔을 다시 채웠다.

"뭐 각자의 사정이 있는 거겠지. 다만 길 잃지 말고 잘 찾아가. 기다리는 사람도 생각해야지."

"기다리는 사람…?"

할머니의 한마디에 주영은 문득 아빠 기중이 떠올랐다. 주영은 그동안 한 번도 아빠에 대한 생각을 한 적이 없었다. 힘든 일을 겪을 때 먼저 떠난 엄마를 떠올린 적은 있어도 아빠를 떠올린 적은 없었다. 그것이 주영이 평소 생각하는 기중의 존재감이었다.

그런데 할머니의 말을 듣는 순간 기중의 얼굴이 떠올랐다. 걱정스러운 표정과 안쓰럽다는 듯한 말, 하고 싶은 말을 삼키고 돌아서는 등. 주영은 그제야 아빠의 등이 기억나기 시작했다. 어릴 때는 분명 넓고 든든했는데 어느 새 작고 초라해진 그 등이.

갑자기 코끝이 시큰해진 기분에 주영은 후루룩 차를 마셨다. 따뜻한 한 모금을 넘길 때마다 알 수 없는 울컥함이 올라왔다.

"사실… 아이를 찾고 있어요."

주영의 말에도 할머니는 동요하는 기색이 없었다. 여전히 평온한 얼굴로 주영을 보며 되물었다.

"어쩌다 잃어버렸는가."

"제가 잘못해서… 제가 잘못한 게 많아서 잃어버렸어요."

깊은 한숨을 내쉬며 힘겹게 말을 잇는 주영을 할머니는 안쓰러운 눈빛으로 바라보았다. 할머니는 묵묵히 주영의 말을 들었다.

"어쩌면 안 올 수도 있을 것 같아요. 제가 자길 사랑하지 않는다고 생각하더라고요. 너무 늦었는데… 이젠 되돌릴 수 없겠죠?"

"늦은 게 어디 있고 빠른 게 어디 있겠냐만… 본인의 진심을 전해 보는 노력은 해야 하지 않겠어?"

"그러게요. 변명 한마디 못 하고 가 버렸는데… 찾을 방도도 없고… 딸을 찾으러 가는 길에 친구랑은 싸우고……."

'친구'라고 말하면서 주영은 자신도 모르게 피식 웃음이 새어 나왔다. 분명 처음에 봤을 땐 건방진 꼬마애라고 생각했는데 어느새 둘도 없는 친구가 되어 버린 것 같았다.

"친구라……."

"네, 친구요. 저 도와준다고 여기까지 같이 와 주었는데 결국엔 원망만 하고 제가 떠나 버렸어요. 생각해 보니 전 제 주변 사람들에게 상처만 주는 사람인가 봐요. 정작 중요한 건 기억도 못 하고 매일 쓸데없는 데에만 집중하며 살았으니… 사는 게 참 후회되네요."

혼자 주절거렸다는 생각에 문득 주영은 민망한 듯 고개를 들어 할머니에게 사과했다.

"아… 제가 무슨 말을… 그것도 어른 앞에서… 죄송합니다."

그러자 할머니는 웃으며 말했다.

"나이만 먹는다고 어른이 되는 건 아니지. 그리고 그 정도 인생 한탄은 늘어놓아도 될 만큼 고생을 많이 했구먼 뭐."

초면인 사람 앞에서 주책을 떨었다는 듯 주영은 고개를 절레절레 저으며 정신을 차리려고 했다. 할머니는 차를 한 모금 마시더니 느긋하고 여유 있게 말했다.

"난 말이지, 모두가 행복했으면 하는 바람에서 애들을 보냈구먼."

"자녀분들이 모두 나가서 사시나 봐요."

"뭐… 자식이라면 자식이지. 내 새끼들이니까. 근데 말이야, 다 내 뜻대로 되는 게 아니더라 이 말이지."

주영은 할머니의 말에 공감한다는 듯 연신 고개를 끄덕였다. 살아간다는 것 자체가 자신의 뜻대로 되지 않는 일의 연속인 걸 잘 알고 있는 주영이었다. 할머니는 주영의 생각을 읽은 것처럼 빙긋 웃으며 말을 이어 나갔다.

"그런데 한편으론 내 뜻대로 되는 아이들이라면 스스로 살아나갈 수 있을까 하는 생각도 들어. 결국 자기 인생 자기가 사는 거 아니겠어?"

"그렇죠. 하지만 그게 제일 어려운 것 같아요. 부모로서도, 어른으로서도."

"그 고통도 너의 몫이니 나는 내 삶을 살겠다, 하는 부모가 세상 천지에 어디 있겠는가. 허나 진짜 부모란, 그걸 뒤에서 묵묵히 지켜봐 주고 아픈 내 아이가 언제든 다시 돌아올 수 있는 든든한 뿌리 같은 사람이 되어야 하지 않겠어?"

주영의 머리에 또다시 기중의 얼굴이 떠오르기 시작했다. 늘 한결같이 고향에서 자신을 기다리고 있는 존재. 의지할 곳 없는 세상에서 유일하게 돌아갈 수 있는 그곳.

"자네는 그런 부모가 있는가?"

"저희 부모님이요?"

"부모 없이 태어난 사람이 있겠어?"

"아버지가 계세요. 엄마는 돌아가셨고……."

"그 엄마는 죽으면서도 눈을 쉬 감지 못했겠구먼."

주영은 미간을 찌푸리며 의아하다는 듯 할머니를 바라보았다.

"근데 이상하게도… 엄마에 대한 기억이 잘 나지 않아요."

"하나도?"

"막연한 그리움 같은 건 있지만… 엄마와 관련된 이야기는 하나도 기억이 나지 않아요. 어릴 땐 아빠한테도 여쭤본 적이 있었는데, 아무 말씀도 해 주지 않으시더라고요."

"어른이라고 기억이 괴롭지 않은 건 아닐 테니까."

"네?"

할머니의 말에 주영은 무슨 말인지 모르겠다는 표정이 되었다. 할머니는 조용히 주영을 바라보았다.

"기억나지 않는 건 이유가 있을 것이네. 하지만 그렇다고 해서 자네 옆에 있는 귀한 마음을 저버리면 안 돼. 지금이야 자네를 위해 그 자리를 지킬 테지만 그것도 시간이 지나면 사라지거든. 나는 그때 자네가 큰 후회를 하지 않길 바랄 뿐일세."

들을수록 더욱 알쏭달쏭한 할머니의 말에 주영은 여전히 멍하니 할머니를 바라보았다. 할머니는 슬쩍 주영의 뒤편을 보며 소리쳤다.

"안 그러냐, 요 도깨비 녀석아!"

주영은 당황해서 뒤를 돌아보았다. 한쪽에서 작게 꿈틀대는 움직임이 보였다. 주영은 그것이 아까 풀숲에서 봤던 작은 그림자와 같은 거라는 걸 깨달았다.

할머니의 불호령 같은 외침에 결국 그림자가 놀란 듯 우뚝 멈췄다. 자세히 보니 그림자라기보다 옅은 불빛 같았다. 주영의 뒤에 숨어 있던 빛이 스르르 나타나자 주영은 그것이 무엇인지 단번에 알아차렸다. 도깨비불로 변해 있던 벼리가 이내 모습을 드러냈다.

"너, 어떻게 여길……."

벼리는 고개를 푹 숙인 채 주영의 앞으로 걸어 나왔다.

"미안해 주영아. 그렇게 말했던 건 내 진심이 아니었어. 아깐 너무 화가 나서……."

풀이 죽은 벼리의 말에 주영도 뾰족했던 마음이 차분히 가라앉기 시작했다.

"아니야. 내가 잘못했어. 내가 너무 심하게 말했지? 미안해. 넌 나를 도와주러 여기까지 왔는데……."

둘은 울먹거리며 서로에게 사과했다. 할머니는 그런 둘을 보며 흐뭇하게 미소 지었다.

"저놈이 졸졸 쫓아온 건 몰랐는가."

"진짜요?"

"사실 맘이 안 놓여서 계속 쫓아왔어… 너 혼자 산속에서 무슨 일이라도 있을까 봐……."

"그랬구나."

주영은 문득 할머니의 정체가 궁금해졌다. 모든 걸 알고 있는 저 할머니는 대체 누구일까? 자신의 속마음도 술술 말하게 만들고 모든 걸 꿰뚫어 보는 듯한 것이 보통 할머니 같진 않았다.

"근데 이 불빛이 벼리인 건 어떻게 아셨어요? 아니, 그것보다… 벼리가 도깨비인 건 어떻게 알고… 할머니, 누구세요?"

"나? 나는 다 알지. 자네를 자네 부모에게 보낸 것도 나고, 잘 크는지 쭉 지켜본 것도 나고, 자네에게 아이를 보낸 것도 나니까."

주영은 도저히 알 수 없다는 표정을 지었다. 옆에서 주영의 표정을 지켜보던 벼리가 넌지시 말을 얹었다.

"몰랐어? 저 분이 삼신이잖아."

"뭐?"

놀란 주영은 입을 다물지 못한 채 다시 한 번 삼신을 바라보았다. 정작 삼신은 천연덕스러운 표정으로 민들레차를 한 모금 마셨다. 그러더니 이내 무언가 생각난 듯 주영에게 얼굴을 돌렸다. 평온하면서도 냉정한 표정이었다.

"아이를 찾고 싶은가?"

삼신의 말에 주영의 눈에 생기가 돌았다.

"수인이를 아세요?"

"알지. 내가 자네한테 보낸 귀한 아이 아닌가."

삼신. 모든 생명을 굽어살피며 아이들의 건강을 돌보는 신. 어디선가 새로운 생명이 탄생하면 삼신은 그 주위에 머물며 아이의 성장을 지켜보았다.

주영은 그제야 삼신의 역할을 머릿속에 떠올렸다. 분명 수인이도 삼신을 통해 왔을 것이며, 게다가 삼신이라면 지금까지 주영과 수인에게 일어난 일들에 대해서도 모두 알고 있을 터였다.

"맞아요! 그럼 지금 수인이가 어디에 있는지도 아세요?"

"정확하겐 몰라도 찾을 수는 있지."

"그럼 저… 저를 수인이가 있는 곳으로 보내주세요."

"위험할 수 있어."

"상관없어요, 수인이를 찾을 수만 있다면! 수인이를 찾을 수만 있다면, 전 어디로든 돌아갈 거예요."

주영의 말에 삼신은 잠시 생각에 잠긴 표정이었다. 벼리와 주영은 초조한 얼굴로 삼신을 바라보았다.

"자네는 어둑서니가 왜 그 아이를 선택했는지 아는가?"

"?"

"어둑서니는 생각보다 골치 아픈 존재야. 인간의 기억 속 어둠을 먹고 살기 때문에 결코 완전히 사라지지 않지. 게다가 한 번 목표로 삼은 건 끝까지 물고 늘어지는 끈질기고 고약한 성미도 가지고 있어. 그런 녀석이 자네 아이를 데리고 갔을 땐 그만한 이유가 있는 법."

지금까지 주영은 수인의 어두운 기억 때문에 어둑서니가 수인을 데려갔다고 생각했다. 그런데 방금 삼신의 그 말은 마치 주영 때문에 수인을 데려갔다는 말로 들렸다.

"그럼… 수인이를 데려간 이유가, 수인이 때문이 아니라……."

"그 녀석은 아이보다 자네에게 관심이 더 많아."

"왜요? 저한테 무슨 엄청난 능력이 있는 것도 아닌데."

"그건 자네가 찾아야 할 답이겠지. 문제는 이 모험이 벌써 네 번째라는 거야."

'네 번째'라는 말에 주영은 의아한 표정을 지었다. 옆에서 이야기를 함께 듣던 벼리도 이해할 수 없다는 듯 갸웃하며 둘의 대화에 귀를 기울였다.

"그게 무슨?"

삼신은 잠시 뜸을 들였다. 이것을 이야기하는 것이 옳은가, 삼신은 숱하게 고민했다. 이전에도 그 이전에도.

주영은 다시 말해 달라는 듯 삼신의 팔을 붙잡았다. 주영의 간절한 시선에 삼신은 깊은 한숨을 내쉬었다.

"자네는 지금까지 네 번이나 똑같은 일은 반복했다는 말이야. 과거로 가서 딸을 찾고, 실패하고 또 반복하고……."

갑작스러운 삼신의 말에 주영은 충격을 받은 듯 멈춰 서 있었다.

"제가… 제가 이 일을 몇 번이나 하고 있다고요?"

"그래, 어둑서니의 덫에 걸린 거지. 아이는 자네를 떠났고 자네는 아이를 찾으러 떠났어. 내가 위험하다고 숱하게 말렸지만 결국은 고집을 부리며 아이를 찾으러 갔고, 결국 아이는 돌아오지 못

했지. 그러나 자네는 모든 기억이 지워져 또다시 과거로 돌아간 거야. 그리고 그곳에서부터 다시 삶을 살아 이곳에 도달했지."

주영은 삼신의 말을 아직 받아들일 수 없는 듯 잠시 모든 것을 멈추고 생각에만 집중했다. 생각하고, 생각하고, 또 생각했지만 그래도 삼신의 말을 정확하게 이해하지는 못하고 있었다. 벼리는 이 둘 사이에서 눈치만 보고 있었다.

삼신은 다시 한번 더 단호하게 주영에게 말했다.

"내가 이 이야기를 하는 이유도 더 이상 그 헛된 모험이 반복되지 않았으면 하는 바람에서야. 언제까지 아이를 잃고 되찾는 삶을 반복할 텐가. 이젠 앞으로 나아가야 하지 않겠냐는 말이야."

주영은 그 자리에 풀썩 주저앉고 말았다. 다리에 힘이 풀려 일어설 힘도, 의지도 생기지 않았다.

"과거로 돌아갔다면… 어떻게 이 일이 반복되는 거죠?"

"말했잖나. 자네의 모든 기억이 지워진다고. 어둑서니가 자네의 아프고 어두운 기억을 가져가면, 무두 잊은 상태에서 자넨 지금까지 살았던 대로 또 똑같이 살아가는 거지. 인간들이 그렇잖나. 모르면 예전에 했던 대로 살게 돼. 늘 살던 대로."

주영의 기억 속에서 끊임없이 파생되는 절망, 어둑서니가 원하는 건 바로 이것이었다. 게다가 기억을 잃은 주영이 계속 똑같은 삶을 반복한다면 어둑서니는 영원한 절망의 힘을 얻게 되는 것과 마찬가지일 터였다.

주영은 자신이 지금껏 수인을 찾는 삶을 반복하고 있었다는 사실에 좌절했다. 무엇이 문제였을까. 어떤 것이 똑같은 삶을 반복하게 만들었을까.

"그럼, 이대로 또 과거로 간다면… 수인이는 저를 또 원망하고 떠나게 되는 걸까요."

삼신은 말없이 고개를 끄덕였다. 벼리는 걱정되는지 주위에서 서성였지만 차마 주영의 옆으로는 다가가지 못했다.

벼리에게 눈짓하자 벼리는 삼신의 곁으로 다가왔다.

"주영이 충격 받은 것 같은데……."

"그래도 어쩔 것이냐. 한 번은 선택해야 하는 일인 것을……."

주영은 그 자리에 앉아 멍하니 생각에 잠겼다. 고개를 돌린 창밖으로 우르릉 하는 요란한 소리와 함께 먹구름이 몰려오는 게 보였다. 갑작스럽게 비가 내리기 시작했다.

12.

명순은 마을 끝에 있는 공장으로 일을 하러 다녔다. 폭이 좁은 차도를 따라 차를 타고 10분은 족히 달려야 하는 곳이었지만 명순은 그 길을 꿋꿋하게 걸어 다녔다. 가끔씩 커다란 트럭과 버스가 뒤엉켜 달려와 위험천만했지만 공장까지 닿을 수 있는 유일한 길이었고, 이런 시골에서 직장을 구하기란 쉬운 일이 아니었다. 어쩌다 한 번 일어나는 차 사고보다 당장 닥친 생계에 대한 위협이 명순에게는 더 무서운 일이었다.

사람 한 명만 있어도 차가 지나갈 때는 도로 한끝으로 붙어야 하는 길, 그런데 그 길을 수인과 짱이는 가운데 명순을 끼고 옴짝달싹도 할 수 없게 붙어서 걸었다. 둘 사이에 낀 명순은 불편한지 이리저리 몸을 피하다가 이내 걸음을 멈추고 수인에게 잡힌 손을 슬며시 뺐다.

"애… 이러면 아줌마가 제대로 걸을 수 없잖니."

"그치만 어둑서니가 또 나타나면 어떡해요. 할머니한테 붙어 있어야 그림자가 끼어들 틈이 없단 말이에요!"

수인은 다시 명순에게 팔짱을 끼며 바짝 달라붙었다. 처음 본 아이가 이렇게 달라붙는 것이 불편했지만 명순으로서는 엄마 잃은 아이를 혼자 둘 수도 없는 노릇이었다.

"너희 엄마는 어디에 계시는 거야?"

명순의 질문에 수인이 갑자기 시무룩한 표정이 됐다.

"제가 말을 안 들어서… 엄마랑 헤어져 버렸어요."

"뭐? 그럼 집을 나온 거야?"

"엄마가 찾으러 왔었는데 저 때문에 또다시 헤어지고 말았어요."

씩씩하게 걷던 수인이 엄마 이야기를 하자 금방 울 듯한 얼굴이 되더니 닭똥 같은 눈물을 뚝뚝 떨구기 시작했다.

"엄마는 이제 절 찾으러 오지 않을 거예요."

말을 하고 나니 더 커지는 슬픔에 결국 수인은 으앙 하고 울음을 터뜨렸다. 명순은 하염없이 우는 수인을 보고 어쩔 줄 몰라 하다가 수인을 품에 폭 안았다.

"아이고… 우리 아기가 어떻게 해야 속상한 마음이 풀릴까……."

수인의 등을 쓰다듬던 명순은 이내 작은 목소리로 노래를 부르기 시작했다. 낮고 작은 허밍처럼 들리는 노랫소리.

"엄마가 섬그늘에 굴 따러 가면……."

등을 토닥이는 손, 가슴에서 가슴으로 전달되는 따뜻한 목소리에 수인은 조금씩 진정이 되기 시작했다. 그러다 문득 들리는 익숙한 노랫소리에 명순의 얼굴을 쳐다보았다.

"이거 우리 엄마가 자주 불러 주던 노랜데."

눈물 콧물로 범벅이 된 수인의 얼굴에 명순은 빙그레 미소 지으며 자신의 옷깃으로 수인의 얼굴을 슥슥 닦아 주었다.

"그래? 아줌마도 딸한테 자주 불러 주는 노래야."

명순의 말에 수인은 눈을 깜빡이며 명순을 바라보았다.

"할머니 딸이면… 엄마?"

"응?"

“할머니도 엄마한테 이 노래 자주 불러 줬어요?”

“엄마? 누굴 말하는 거니?”

“우리 엄마요.”

말을 하던 수인은 또다시 시무룩한 얼굴이 되었다. 수인의 말을 이해하진 못했지만 엄마에 대한 걱정으로 또다시 슬픈 얼굴이 된 수인을 알아본 명순은 다시 한 번 손을 내밀어 수인의 볼을 쓰다듬었다.

“너무 걱정하지 마. 네가 아무리 말을 안 들었어도 엄마는 분명 너를 찾으러 오실 거야.”

수인은 그제야 울먹이던 얼굴을 들어 명순을 바라보았다. 어느새 수인의 눈에는 또다시 눈물이 맺혀 있었다.

“진짜요?”

“그럼. 아줌마도 딸이 있잖아. 그래서 잘 알아. 엄마들은 아이가 아무리 큰 잘못을 했어도, 아무리 나쁜 짓을 했어도 걱정되는 마음이 먼저야. 미워하는 마음보다 걱정하고 보고 싶은 마음이 훨씬 더 클 거야, 너희 엄마도.”

말을 이어가던 명순이 갑자기 씁쓸한 표정을 지었다. 순간적인 명순의 표정 변화에 수인은 불쑥 얼굴을 들이밀며 물었다.

“할머니 울어요?”

명순은 괜히 헛기침을 하며 손등으로 재빨리 눈가를 훔쳤다.

"아, 아니야. 울긴. 우는 거 아니야."

"왜 울어요?"

아니라는 말에도 아랑곳 않고 똑같이 되묻는 수인의 태도에 명순은 무심코 웃음이 났다. 어린아이의 솔직함이란 이런 것일까.

"…미안해서."

"뭐가요?"

"아까 불러 줬던 노래 가사처럼… 늘 혼자 두고 일하러 가면 알아서 스르르 잠드는 아줌마 딸한테 미안해서. 혹시 그 애도 너처럼, 나랑 헤어지면 내가 자길 찾으러 오지 않을 거라고 생각할까 봐. 그게 미안해서."

다시 눈물이 맺히기 시작하는지 명순의 목소리가 떨렸다. 애써 울음을 삼키는 듯 목을 가다듬는 명순의 모습에 수인은 눈물을 잔뜩 머금은 채 말했다.

"할머니도 엄마 구하러 갈 거예요?"

"뭐?"

"할머니한테 아무리 나쁜 말을 하고 밉다고 해도, 엄마가 할머니를 찾으면 구하러 갈 거예요?"

명순은 온힘을 다해 울음을 참으며 말하는 수인을 바라보았다.

아이들은 참으로 씩씩하다. 많이 울지언정 도망치지 않는다. 궁금하면 물어보고, 온몸으로 표현하는 데도 한 치의 망설임이 없다. 부딪쳐 깨질지언정 주저하지 않는 그 용기에 명순은 부러움마저 느껴졌다.

명순은 수인의 눈높이에 맞춰 몸을 굽혔다. 둘의 발 언저리에 짱이도 의젓하게 앉아 있었다.

“당연하지. 그게 어디더라도 갈 거야.”

“우리 엄마도… 그럴까요?”

한참을 마주보는 명순과 수인. 명순은 수인의 맑은 눈동자에 무너지지 않는 믿음을 주고 싶었다. 세상 그 어떤 일이 닥쳐도 아이를 지지해 줄 단 하나의 믿음을.

“그럼. 네가 언제 어느 곳에 있더라도 너를 위해서라면 엄마는 항상 달려 올 거야. 걱정 마.”

명순의 말에 수인은 그제야 웃음을 지었다. 눈물 젖은 환한 미소가 명순의 품으로 달려들었다. 말없이 수인을 끌어안던 명순은 그 옆을 묵묵히 지키고 있는 짱이의 머리도 한 번 슥슥 쓰다듬어 주었다. 따뜻한 온기가 서로에게 전해지는 기분이었다.

빗줄기는 거세지고 주영은 삼신의 오두막 한쪽 구석에서 꼼짝하지 않고 앉아 있었다. 벼리는 그 옆에서 주영의 눈치를 보고 있었고, 삼신은 식탁 앞에 앉아 차를 마셨다.

주영은 멍한 표정으로 하염없이 내리는 빗줄기를 바라보았다.

물줄기는 마치 세상을 잠가 버리기라도 할 것처럼 맹렬히 쏟아졌다. 주영은 스스로에게 묻고 또 물었다.

'왜 이렇게 되어 버린 걸까… 난 그저 열심히 산 것뿐인데… 이렇게 살지 않으면 아이가 불행해질까 봐 더더욱 이를 악물고 열심히 살았는데…….'

'왜'라는 질문만 가득할 뿐 스스로 답을 찾아낼 수는 없었다. 그리고 그 답이 없는 질문들은 결국 자신에 대한 원망과 자책으로 수렴해 있었다. 주영은 아무것도 알 수가 없었다.

주영은 의식을 붙잡으려고 노력했다. 하지만 점점 흐려지는 기억 속에서 의식은 다시 가라앉고 말았다. 주영은 가족 모두와 멀어진 지금의 현실이 모두 자신의 탓인 것 같아 점점 용기가 나지 않았다. 이 모든 불행이 자신으로 인해 시작되었다는 생각이 검은 그림자처럼 스며들어 외롭고 무서웠다.

"엄마가 섬그늘에 굴 따러 가면, 아기는 혼자 남아 집을 보다가, 파도가 들려주는 자장노래에, 팔 베고 스르르르 잠이 듭니다."

갑작스러운 노랫소리에 주영은 고개를 들어 벼리와 삼신을 바라보았다.

"왜? 무슨 일 있어?"

"노랫소리가……."

"무슨 노래? 아무 소리도 안 났는데."

"방금 노래……."

방금까지 눈앞에 있던 벼리와 삼신이 주영의 시야에서 사라졌다. 주영은 자신이 어디로 향하는지 모르는 어떤 흐름에 몸을 맡긴 기분이 들었다. 여긴, 대체 어디지?

"이 노래는 너무 슬퍼."

어렴풋이 들리는 목소리에 고개를 돌려 보니 어린 시절 주영의 모습이 보였다. 그리고 그 옆엔 주영의 엄마 명순의 모습도 함께 보였다.

명순의 무릎을 베고 누워 조잘조잘 이야기하는 어린 주영의 모습. 명순은 주영의 머리를 쓰다듬으며 함께 이야기를 나누고 있었다.

"왜?"

"엄마가 일을 하러 나가서 아기가 혼자 잠들었잖아. 너무 슬픈 노래 같아."

"우리 주영이가 이 노래 2절을 들어 본 적이 없구나."

"2절도 있어?"

"들려줄까?"

명순의 말에 주영의 눈이 초롱초롱 빛났다.

아기는 잠을 곤히 자고 있지만, 갈매기 울음소리 맘이 설레어,
다 못 찬 굴 바구니 머리에 이고, 엄마는 모랫길을 달려옵니다.

이건 주영의 기억 속이다. 주영이 아무리 떠올려 보려 했어도 떠올리지 못했던, 엄마에 대한 단편적인 기억 중 하나였다. 그제야 주영은 주위를 보며 당시의 상황을 기억해 내려 했지만 번져버린 수채화처럼 흐릿하게 보일 뿐이었다. 주영의 눈앞에 있는 명순만이 오로지 뚜렷하게 떠올랐다.

갑자기 기억이 태풍처럼 몰아쳤다. 방금 전까지 다정하게 대화를 나누던 어린 주영과 명순의 모습이 바람에 흩날리듯 사라졌다. 다시 정신을 차린 주영은 어디선가 들리는 어렴풋한 명순의 목소리에 고개를 돌렸다. 엄마와 관련된 또 다른 기억이었다.

"네가 무사해서 다행이야."

주영의 기억 속, 자신을 붙잡고 있는 엄마가 보였다. 많이 지친 듯, 아니, 어디가 아픈 듯 부들부들 떨리는 팔로 주영을 붙잡고 있는 명순이었다. 왠지 주영은 눈물이 날 것 같았다. 아니… 이미 울고 있는 자신의 모습을 기억해 냈다.

이것은 무슨 기억일까. 무슨 일이 있었던 걸까. 내 잘못이었을까. 나 때문이었을까…….

어떤 상황인지는 정확히 알 수 없지만 주영은 그 당시 자신이 느낀 죄책감을 어렴풋이 떠올리고 있었다. 주영은 눈물을 흘리고 있었다.

"엄마 미안해… 나 때문에……."

기억 속 명순을 향한 주영의 말이 메아리처럼 울렸다.

"네가 무사해서 다행이야. 엄마는 그거면 돼."

명순은 힘없이 미소 지었다. 지친 듯 보이지만 한없이 다정한 미소였다. 어떠한 일말의 원망도, 서운함도 없는 미소였다. 주영은 처음으로 엄마의 따스함이 기억나기 시작했다. 그래, 우리 엄마가 이런 사람이었어…….

"엄마…?"

주영이 명순을 향해 손을 뻗었지만 명순은 마치 연기처럼 흩어졌다. 기억이 조금씩 흐려지기 시작했다.

한참을 쏟아붓던 빗줄기가 서서히 얇아지더니 이내 그치고 맺혀 있던 빗방울만 한두 방울씩 똑똑 들었다. 어둑어둑하던 구름이 갈라지며 그 틈으로 햇빛이 비쳤다. 풀잎마다 맺힌 이슬이 보석처럼 빛났다.

주영은 자리에서 천천히 일어났다. 무언가 결심이 선 모습이었다.

"저, 돌아갈 거예요."

삼신은 마치 주영이 일어날 때부터 어떤 말을 할지 예상했다는 듯 한숨을 내쉬었다.

"지금까지 내가 한 얘기는 뭘로 들은 거야."

"벼리가 그랬어요. 인간들은 과거를 바꿀 수 있음에도 바꾸지 않는다고. 그래서 미래는 바뀌지 않는 거라고."

그리고 생각에 잠긴 듯 한참을 말을 아끼다 입을 열었다.

"…이전에도 저한테 이렇게 말씀하셨죠? 그럼에도 제가 이런 선택을 할 거란 걸 알고 계셨죠?"

다시 크게 한숨을 쉬며 삼신은 고개를 끄덕였다.

"그래. 그전에도 그랬네. 몇 번이나 얘기했지만 그때마다 자네의 선택은 똑같았어."

"저는 과거로 돌아가면 현재가 바뀔 줄 알았어요. 그런데 왜 바꾸지 못하는지 이젠 알 것 같아요. 과거의 제가 했던 선택은 최선의 선택이었던 거예요. 그 당시 제가 할 수 있었던 최선의 선택."

"지금은 더 나은 선택이 무엇인지 알고 있지 않은가."

"머리와 마음은 다르니까요. 사람들은 가끔 누가 봐도 어리석고 바보 같은 선택을 하죠. 그 선택은 머리로 하는 게 아니었던 거예요. 내 안에 있는 마음이 하는 선택이었던 거죠. 바보 같고 한심하지만, 오직 그때 할 수 있었던 최선인 선택."

"나는 그게 나쁘다고 생각하지 않아!"

주영의 말을 듣던 벼리가 갑자기 자리를 박차고 일어나며 외쳤다.

"나는… 인간들의 실수가 멋있어! 무모하다는 걸 알면서 하는 도전도 멋있고 상처받을 걸 알면서 하는 고백도 대단하다고 생각해. 너는 옛날부터 엉뚱한 선택을 했지만 틀렸다고 말한 적은 단 한 번도 없었어. 너는 항상 웃으면서 다음에 더 잘하면 된다고 했어."

벼리가 돌연 삼신을 향해 돌아섰다. 그 눈빛엔 이전에 없던 결의가 보였다.

"보내 주세요."

"뭐?"

벼리의 뜻밖의 말에 삼신은 짐짓 놀란 눈치였다. 주영 역시 갑작스레 돌발 행동을 하는 벼리를 어쩌지 못한 채 바라만 보고 있었다.

"주영이랑 저, 수인이가 있는 곳으로 보내 주세요. 할머니는 아시잖아요. 지금 수인이가 어디에 있는지."

"네가 가도 큰 도움이 안 돼. 어차피 여기서 더 달라질 수 없어."

"그래도요, 그래도 가야 해요! 주영이한텐 제 힘이 필요해요."

의연한 벼리의 눈빛을 본 주영 역시 옆으로 다가와 삼신의 손을 덥썩 잡았다.

"도와주세요! 수인이를 만나야 해요!"

반짝이는 간절한 두 눈빛에 삼신은 절레절레 고개를 저었다.

"하여간 말 안 듣는 것들 같으니라고. 난 모른다 이놈들아. 니들 마음대로 해라!"

말은 그렇게 하지만 삼신은 내심 미소를 지었다. 주영과 벼리는 작전이 성공한 어린 아이들처럼 서로 마주보며 웃었다.

"아이는 지금 자네의 과거에 있어. 아이를 찾는다고 해도 함께 다시 돌아올 수 없다는 건 알고 있지?"

삼신의 말에 주영은 천천히 고개를 끄덕였다. 수인은 이미 자신이 태어나기도 전인 과거에 가 있다. 주영은 진지하게 생각해 보았다. 그곳에서 수인을 만난다면, 어떤 말을 해 줄 수 있을까. 그리고 어떻게 해야 기억이 아닌 현실에서 수인과 다시 재회할 수 있을까.

"어둑서니를 조심해."

주영의 생각을 읽은 듯 삼신이 툭 말했다.

"자네를 노리고 있는 녀석이야. 어둑서니의 어떤 꾐에 넘어가서 기억을 지우고 이 일을 반복하는지는 모르겠지만 그 녀석의 꾐에 넘어가지 않도록 해. 교묘하고 간사한 녀석이니까."

"꾐에 넘어갔다고요? 어둑서니가 제 기억을 지워 버린 게 아니고요?"

"기억은 그 사람만이 간직한 거야, 아무도 건드릴 수 없어. 그런데 그 기억을 지웠다는 건, 자네가 어둑서니에게 기억을 가져가도록 허락한 순간이 있었다는 거지."

주영은 아무리 생각해도 이해할 수 없었다. 기억을 가져가도록 허락했다고? 지금까지는 당연히 어둑서니가 기억을 훔쳐간 거라 생각했는데, 그동안 했던 생각과는 전혀 다른 이야기였다.

"뭐야, 그럼 주영이 네가 어둑서니에게 기억을 넘겨주지만 않으면 되는 거네!"

삼신은 별것 아니라는 듯 말하는 벼리를 못마땅하게 쳐다보았다.

"욘석아, 그게 그렇게 쉬운 일이면 네 번째 반복하고 있겠어?"

"그런가… 할머니가 전에는 이 말을 안 해 주셨던 거 아니에요?"

"네가 말했다며, 인간들은 과거를 바꿀 수 있는데도 바꾸지 않는다고."

삼신의 핀잔에 벼리는 무안한지 머리를 긁적였다.

"이렇게까지 말했는데도 이게 최선이라고 한다면 나도 어쩔 도리가 없지."

주영이 삼신을 바라보자 삼신은 조용히 입가에 미소를 지었다.

"과거로 돌아가면, 현재로 다시 돌아오지 못하고 그때부터 다시 살아야 한다고 하셨죠?"

"그렇지. 아이를 찾는다고 해도 다시 함께 살 순 없어. 그래도 괜찮겠는가?"

숱한 망설임 끝에 얻은 결론이었다. 주영은 더 이상 물러나지 않기로 결심했다.

"네. 수인이만 다시 찾을 수 있다면……."

삼신은 이런 답을 얻을 것을 알면서도 물어보았다. 고개를 끄덕거리던 삼신은 다시 작게 주문을 외웠다.

알 수 없는 빛들이 나타나 삼신 주위를 일렁이더니 이내 벼리와 주영의 몸을 감싸고 더더욱 형형히 빛나기 시작했다. 도저히 눈을 뜰 수 없을 정도로 눈이 부시자 주영은 두 눈을 꼭 감았다.

얼마 후, 주위가 잠잠해진 것 같은 느낌에 살며시 눈을 떠 보았다. 아까와는 다른 시야, 다른 느낌 속에서, 자신을 바라보며 눈이 동그래진 벼리가 보였다.

"주영아, 너… 어릴 적 주영이로 돌아왔어."

"뭐라고?"

놀란 주영은 자신의 몸을 살펴보았다. 어른이었을 땐 길었던 팔과 다리가 짧아지고 얼굴도 훨씬 작아졌다. 초등학생 정도의 몸집으로 돌아온 것 같았다.

주영은 신기한지 삼신의 집에 걸려 있는 큰 거울에 자신을 이리저리 비춰 보았다. 그 옆에서 벼리도 덩달아 신이 난 모습이었다.

"내 모습 좀 봐… 정말 어릴 적 모습이네."

"과거로 갈 땐 그때에 맞는 몸이 되어야지. 지금 아이가 있는 곳이 바로 거기니까."

삼신의 말이 끝나자 방금 주영이 비춰 보던 거울에서 빛이 나기 시작했다. 빛은 어느새 새로운 과거로 향하는 입구로 변했다.

"아이의 기운이 많이 약해졌구먼. 얼른 가 봐야겠어."

주영은 고개를 끄덕이며 입구 앞에 섰다. 어린 자신의 몸이 생소한지 주영은 뛰어드는 것을 망설였다. 그 옆으로 벼리가 다가왔다.

"갑자기 무서워?"

"그게 아니라… 수인이가 나를 알아볼까?"

걱정스러운 주영의 눈빛에 벼리는 확신을 주고 싶다는 듯 힘 있게 고개를 끄덕였다.

"그럼! 아무리 멀리 떨어져 있어도 한눈에 알아보는 게 가족이랬어."

확신에 찬 벼리의 말에 같이 고개를 끄덕이는 주영. 자신 또한 수인을 한눈에 알아볼 수 있을 거라는 생각도 들었다. 우리가 언제, 어느 곳에서, 어떤 모습으로 만난다 해도.

그때 삼신이 조용히 둘의 곁으로 다가왔다.

"부디 조심하게."

"네, 걱정 마세요."

"갔다 올게요!"

씩씩한 벼리의 인사를 듣던 삼신이 문득 주영에게 다가가 물었다.

"근데 자네……."

"?"

"자네 어머니가 어떻게 돌아가셨는지 기억하는가?"

"저희 엄마요? 사고… 라고 아빠한테 들었는데……."

"기억은 나지 않고?"

고개를 끄덕이는 주영을 보며 잠시 말을 아끼던 삼신은 조용히 주영의 손을 잡았다.

"돌아간 과거에선 자네가 지우고 싶었던 기억과 마주칠 수 있으니 마음 단단히 먹고 가게. 진실이 무엇이든 자네는 잘 극복할 수 있을 거야."

거울 속으로 들어가는 주영과 벼리의 모습이 보였다. 삼신의 말이 신경 쓰였는지 주영이 주춤거리자 벼리는 천천히 주영의 손을 잡아끌었다. 그들이 빛 속으로 완전히 사라지자 입구는 원래 거울의 모습으로 돌아왔다. 걱정스러운 표정의 삼신은 조심스럽게 거울을 쓰다듬었다.

“조심히 가게… 간절하면… 이번엔 될 수 있겠지…….”

잎 위에서 반짝이던 이슬이 톡, 바닥에 떨어졌다. 비로 축축하게 젖은 땅 위로 다양한 생명들이 올라오기 시작했다. 비를 견뎌낸 나무들은 물기를 한껏 머금은 채 바람에 천천히 흔들렸다. 우거진 나뭇잎들 사이로 따스한 햇빛이 비추었다.

13.

주영의 눈앞에 어릴 적 살던 집의 낡은 철문이 보였다. 이 철문은 옛날부터 한쪽이 심하게 구겨져 있어서 문을 닫아도 그 틈으로 바깥 풍경이 살짝 보였는데, 집에 혼자 있는 시간이 많았던 어린 주영은 심심할 때마다 이 앞에 쪼그려 앉아 들뜬 철문 사이로 바깥 풍경을 구경하곤 했었다. 멀리서 흔들리는 들꽃들과 지나가는 길고양이의 모습을 보기도 하고, 가끔은 돌아다니던 개들이 철문 틈으로 주둥이를 들이밀고 냄새를 맡기도 했다. 그렇게 한참을 철문 틈으로 바라보다 보면 붉게 땅거미가 질 때쯤이면 터벅터벅 걸어오던 아빠의 구둣발이나 타박타박 움직이던 엄마의 발이 보였다. 어린 주영이 한없이 기다리던 순간이었다.

“여긴… 우리 집이잖아.”

구겨진 철문 한쪽을 보던 주영이 조그맣게 중얼거렸다. 지금은 철문을 교체해서 이제는 볼 수 없는 풍경이 되었기에 주영은 과거의 철문을 보며 새삼 감탄하는 눈빛이 되었다.

"그러네. 예전에 우리가 처음 만났던 그 집이다."

벼리도 구겨진 철문을 훑으며 말했다.

"너랑 나랑 이때 만났다고?"

"응."

"그렇구나, 우리가 지금 이때쯤 만났구나."

주영도 벼리의 곁으로 다가가 구겨진 철문을 쓰다듬었다. 오래간만에 만져 보는 익숙한 촉감에 새삼 눈물이 날 것 같았다. 추억과의 조우는 가끔 슬픔을 몰고 오는 경향이 있다.

"밖에 누구 있소?"

대문 안쪽에서 익숙한 기중의 목소리가 들렸다. 생각지도 못한 목소리에 주영은 어찌할 바를 모르고 그 자리에 언 듯이 굳어 있었다. 벼리는 재빨리 도깨비불로 변하고 주영은 멀뚱하니 서 있다가 문을 열고 나오는 기중과 마주쳤다. 과거의 기중은 젊고 건강하고 활력이 넘쳐 보였다. 주영은 기중에 대한 반가움과 동시에 지금과는 너무 다른 젊은 아빠에게 다소 낯선 마음이 들었다.

"아… 아빠?"

"주영이었구나. 왜 여기 서 있어?"

"어… 잠깐… 친구 만나러 가려고요……."

주저하는 주영의 목소리에 기중은 잠시 미간을 찌푸리더니 신경 쓰지 않는다는 듯 대꾸했다.

"다 늦게 어딜 가려고? 곧 해도 지는데."

"어… 그러니까……."

"너 또 저 언덕에 가려고 하는 거지? 오늘은 너무 늦었으니까 내일 가."

단호한 기중의 태도에 주영은 당황했다. 지금 당장 수인을 찾지 않으면 어둑서니가 수인을 데리고 또 어디로 떠날지 몰랐다. 마음이 급해진 주영은 자신도 모르게 다급하게 소리쳤다.

"안 돼요! 지금 찾아야 할 게 있단 말이에요."

주영의 대답에 아까부터 의아하다는 듯 바라보던 기중이 주영에게로 한 걸음 다가왔다. 마치 지금 눈앞에 있는 주영이 진짜 자신의 딸이 맞는지 확인하려는 듯.

"네가 언제부터 존댓말을 했다고… 갑자기 왜 그래?"

기중이 의심의 눈초리로 보자 주영은 당황한 듯 급하게 말을 덧붙였다.

"내… 내가 그랬나? 꼭 가야 되는데 안 된다고 하니까 놀라서 그랬지……."

"흠… 그럼 얼른 갔다 와. 엄마도 이제 금방 올 텐데."

"…엄마?"

'엄마'라는 단어에 주영은 잠시 멍해졌다. 엄마가 돌아가신 지 무려 30년이 다 되어 갔다. 꿈에서나 가끔씩 보던 엄마. 그래서 더욱 먹먹하고 그리웠던 엄마가 아직 살아 있다니. 주영은 되려 이 현실이 꿈만 같았다.

"그래. 오늘은 엄마도 일찍 오시니까 너도 너무 늦지 마, 알았지?"

주영은 심장이 빠르게 뛰는 게 느껴졌다. 조금 있으면 엄마를 다시 만날 수 있다.

"어… 알았어. 금방 올게!"

주영은 길 쪽으로 후다닥 뛰어갔다. 그러다 잠시 돌아보았는데 기중이 들어가지 않고 대문 앞에 서서 주영을 지켜보고 있었다. 주영은 손을 흔들었다.

"금방 갔다 올게, 아빠! 꼭 돌아올게!"

그러자 기중도 같이 손을 흔들었다. 주영은 뒤돌아 언덕 쪽으로 뛰어갔다. 다시 돌아오겠다는 의지가 생긴 것 같았다. 그리웠던 엄마와 아빠가 모두 함께 있는 이 집으로 다시 꼭 돌아오겠다는 의지.

빠르게 뛰어가던 주영은 순간 울렁거리는 느낌이 들었다. 주변을 둘러보니 어느 새 온통 어둠이 내렸다. 어둠 속에서 어둑서니의 눈이 드러났다.

"어둑서니야."

벼리의 목소리가 가까이서 들렸지만 벼리의 모습은 보이지 않았다.

"벼리야? 너 지금 어디 있어?"

"나 여기 있어."

대답과 함께 벼리가 모습을 드러냈다. 그리고 어둑서니도, 마침내 모습을 드러냈다. 그러나 어둑서니와 함께 있을 수인의 모습은 보이지 않았다.

"그 할멈이 결국 너를 여기로 보냈군. 기다리고 있었다."

"수인이는? 수인이는 어디 있어?"

"인간들은 참 어리석어. 어떤 결과가 나올지 뻔히 알면서도 이렇게 대드는 걸 보면 말이야. 그 아이도 결국 내 손에 잡힐 걸 알면서도 또 도망을 치고……."

"도망? 수인이가 도망을 쳤다고?"

"잡히는 건 시간문제지. 그 아이가 갈 곳은 뻔하거든. 그러니까 포기해."

어둑서니는 별일 아니라는 듯 짐짓 느긋하게 말했지만 주영은 어둑서니의 초조함을 느낄 수 있었다.

"여기고 저기고 나한테 포기하라는 말만 하네."

지금까지 확신 없이 주눅 들어 말하던 주영의 태도가 전과는 사뭇 달랐다. 그리고 주영의 그런 당당한 태도 앞에 어둑서니의 기운이 조금씩 약해지는 것을, 주영은 눈치챘다.

"할멈이 또 오지랖 넓게 조언을 했나 본데, 네가 아무리 발버둥을 쳐도 결과는 바뀌지 않아. 이러면 결국 모두가 더 괴로워질 뿐이야. 지금이라도 포기하면 얼마나 편하고 좋아. 어차피 넌 이미 딸에게 버림받은 거 아닌가?"

어둑서니는 최대한 주영을 자극하는 쪽을 택했다. 주영에게 가장 큰 약점은 바로 아이, 수인이었다. 주영이 수인에게 미움을 받을까 원망을 들을까 전전긍긍한다면 자신이 다시 몸집을 불리고 감정의 주도권을 잡을 수 있을 거라 판단한 것이다.

"난 인간의 두려움을 먹고 사는 존재다. 이 말은 곧, 그 아이는 늘 두려움에 떨며 살았다는 뜻이지."

처음 과거로 돌아올 때의 기개와는 달리, 어둑서니의 말은 점점 주영을 아프게 찔렀다. 문득 주영은 수인이 자신을 떠나기 전에 했던 한마디가 떠올랐다.

'엄마는 진짜… 날… 사랑하지 않는 거였어…….'

송곳 같은 수인의 말은 주영의 머릿속에서 무한히 반복되고 있었다.

"어느 곳에도 마음 둘 곳 없이 늘 혼자 있는 아이들… 그런 아이들은 아주 좋은 먹잇감이지. 그리고 그런 아이들은 세상에 많아. 바로 너 같은 엄마 아빠를 둔 아이들 말이야."

"아니야… 나는!"

주영은 변명이라도 해 보려고 외쳤지만 차마 말을 이을 수 없었다. 나는, 나는… 아이를 위해 대체 무얼 했지?

"네가 정말 아이의 행복을 위해 최선을 다했다고 생각해? 너도 늘 생각했잖아. 매일 밤 잠든 아이의 얼굴을 보면서 걱정했잖아. 아이가 외로움을 느끼지 않을까 강아지까지 사 줬잖아."

"그래, 맞아… 하지만 나도… 나도 나름 최선을 다했어."

"최선?"

어둑서니는 과장된 웃음소리를 내며 웃기 시작했다. 그 웃음은 마치 '감히 네 입에서 최선이란 단어가 나오다니?' 하고 말하는 것처럼 느껴졌다.

주영의 마음에 부정적인 기운이 스며들자 어둑서니의 크기도 차츰 커지기 시작했다. 어둑서니는 이때를 놓치지 않고 위협적으로 그림자를 부풀리며 주영의 주위를 감싸고 쏘아붙였다.

"아이가 원하는 게 뭔지도 모르면서 최선? 아이와 함께 저녁을 먹은 적은 몇 번이야? 아이가 무슨 이야기를 가장 좋아하는지는 알아? 아이의 가장 친한 친구는 누군데? 아이의 장래희망은? 최근 밤에 꾼 꿈 중 가장 슬펐던 건?"

"난… 나는……."

어둑서니의 어둠이 주영의 눈앞을 가로 막았다. 마치 캄캄한 어둠에 갇힌 것처럼, 앞이 보이지 않는 미래처럼, 주영은 어둠에 가로막혀 조금씩 침전되기 시작했다. 그것이 나의 최선이었다면 부족한 걸까? 그것이 나 나름대로의 노력이었다고 하면 너는 실망할까?

"어떤 최선을 다한 거지? 굶지 않고 거리에 나앉지 않으면 최선을 다한 건가? 아이의 마음은 읽어 보려 하지도 않고 가족이라는 형식만 유지하면 그게 최선인가? 대체 네가 생각하는 최선은 뭐야?"

주영은 어둑서니의 말에 스스로를 변호할 말을 찾고 있는 자신을 발견했다. 그러나 할 말을 찾으려 할수록 어둑서니의 말이 다 맞는다고 느껴졌다. 주영은 더 이상 대꾸할 자신이 없었다. 그 어떤 말도 다 핑계고 변명인 것 같았다.

분명 좋은 부모가 될 수 있을 거라 생각한 적도 있었다. 다른 부모들을 보면서 우리도 남부럽지 않게 아이를 키울 거라고, 시련이야 있겠지만 사랑이면 함께 넘어설 수 있을 거라 생각했다. 하지만 아이를 사랑으로 키우는 일은 돈을 버는 것보다도 어려웠고, 일터에 나가 일을 하는 것보다도 어려웠다.

"나는… 나는 그저……."

주영을 감싼 어둠이 주영의 목까지 차올랐다. 찰랑거리는 어둠이 마치 깊은 바다처럼 느껴졌다. 차라리 이 어둠에 몸을 맡기면 더 이상 스스로를 비참하게 하는 변명을 멈출 수 있지 않을까. 주영은 자신을 가득 채운 어둠에 몸을 맡기려는 듯 힘을 빼기 시작했다.

"최선을 다한 거야!"

갑자기 나타난 빛이 주영의 주위로 달려들었다. 그 빛의 부분만큼 어둠이 사라지면서 주영은 조금씩 자유로워질 수 있었다.

"아이가 아프면 밤새 간호를 하고 다음날 일하러 갔잖아!"

벼리는 재빨리 주영의 곁으로 다가왔다. 그제야 조금씩 정신이 돌아온 주영은 벼리의 말에 수인을 간호했던 날을 떠올렸다.

아이가 아픈 날에는 훨씬 힘이 들었다. 밤새 아이를 보살펴야 하는 수고로움 때문이 아니었다. 아파서 발갛게 달아오른 얼굴로 잠도 제대로 못 잔 채 가쁜 숨을 내쉬는 작은 아이를 보는 것이 너무나도 괴로워 차라리 내가 대신 아팠으면 하는 마음이었다. 해가 뜨고 아침이 오면 아픈 아이를 뒤로한 채 회사로 향하는 발걸음이 무거웠다. 아이가 나를 필요로 할 때 곁을 지켜 주지 못하고 이렇게 일을 하는 것이 무슨 의미가 있는지 진지하게 고민하곤 했었다. 아이는 그렇게 주영의 삶을 흔들었다.

"생일마다, 기념일마다 기쁘게 해 줄 선물을 골랐잖아."

행복이라곤 받는 행복밖에 몰랐던 주영이었다. 그러나 아이를 위한 선물을 샀을 때, 처음으로 벅찬 기쁨을 누렸다. 무언가를 주는 행위가 이렇게나 즐거울 수 있는지 그때 처음 알았다. 설레는 표정으로 포장지를 뜯는 아이의 모습을 볼 때는 말로 형용할 수 없는 에너지가 채워지는 기분이었다. 좋아하는 아이의 모습을 보며 주영은 생각했다. '이게 진짜 행복이구나.'

"밤마다 아이가 자는 모습 보면서 낮에 더 잘해 주지 못한 걸 안타까워했잖아."

일기에 적힌 주영의 낮은 언제나 후회투성이였다. '오늘도 화를 냈다.' '오늘도 소리를 질렀다.' '오늘도 감정적으로 말해서 아이를 울렸다… 나는 왜 이렇게 부족하고 서툰 엄마일까.' 밤마다 잠든 아이의 머리칼을 쓸어 넘기며 주영은 다짐했었다. '미안해. 미안해… 내일은 좀 더 좋은 엄마가 되어 볼게.'

"일을 하면서도 매일같이 틈틈이 아이 사진을 봤잖아. 그게 왜 최선이 아니야……."

일을 하다 보면 가끔씩 그럴 때가 있었다. 절벽 끝으로 몰린 기분일 때. 일이란 성취도 주지만 좌절도 안겨 주었다. 그럴 때마다 주영은 의식처럼 휴대폰을 켜고 사진첩을 열어 보았다. 아이의 환한 웃음이 담긴 사진과 영상을 훑어보았다. 하나씩 하나씩 음미하듯 천천히. 그렇게 한 번의 의식이 끝나면 다시 열심히 살아갈 힘이 차올랐다. 툭툭 털고 일어나 또다시 새로운 도전을 할 용기가 생겼다.

"함께하는 시간이 적다고 사랑하지 않는 건 아니잖아."

벼리의 말에 수인에 대한 흐릿했던 기억이 하나둘 떠올랐다. 사랑하지 않았던 것이 아니다. 사랑하는 방법을 몰랐을 뿐. 그것이 사랑이라 생각하지 못했을 뿐.

"흥. 쓸데없는 자기 위안. 아무리 변명해 봤자 네가 이곳에 오게 된 이유는 아이가 결국 널 버렸기 때문이야."

"그래… 수인이는 나를 원망할 수 있어. 하지만……."

주영은 인정한다는 듯 고개를 끄덕였다. 하지만 주먹을 꼭 쥔 손에 힘이 들어갔다.

"설사 그렇다고 하더라도 나는 수인이를 버리지 않아. 다시 되찾을 거야. 몇 번이고 내 품을 떠나도 다시 찾으러 올 거야."

"어리석구나."

주영의 말에 어둑서니는 재밌다는 듯 웃기 시작했다. 차가운 웃음소리가 퍼질 때마다 주영은 섬뜩함을 느꼈다.

"그리고 수인이가 만약 다쳤으면 너도 가만두지 않을 거야."

"네가? 네가 날 가만두지 않겠다고? 이런 우스운 소리를 다 듣다니 아주 재밌군."

어둑서니는 더욱 몸을 부풀려 짙은 어둠을 만들었다. 아까까지 주영의 옆에 있던 벼리의 모습이 보이지 않았다. 주영은 다시 어둠 속에 갇혀 버렸다.

"갑자기 아무것도 안 보여. 벼리야? 벼리야!"

"주영아! 나 여기 있어. 어둑서니가 어둠을 만들어 우리 사이를 막은 것 같아."

어둠 뒤편에서 벼리의 외침이 들렸다. 눈을 뜬 건지 감은 건지 구분이 안 될 만큼 짙은 어둠에 가로막힌 주영은 어디로 가야 할지 혼란스러웠다.

"어떻게 하지?"

"우선 내가 불을 밝혀 볼게!"

벼리는 도깨비불로 변했다. 그러자 작은 빛 틈으로 주영의 모습이 어른어른 보였다. 생각보다 먼 벼리와 주영의 거리가 차츰 좁혀지기 시작했다. 하지만 이내 벼리가 힘이 풀린 듯 원래 모습으로 돌아오면서 다시 짙은 어둠이 찾아왔다. 벼리의 당황한 음색이 들렸다.

"이상해. 변신이 안 돼. 자꾸만 힘이 빠져."

"내가 한 번 당하지 두 번 당할 것 같아?"

음침한 어둑서니의 말이 끝나기 무섭게 어둠 속에서 검은 손이 불쑥 튀어나와 주영을 잡았다. 분명 같은 어둠인데도 더 크고 강한 힘이 주영을 꼼짝 못 하게 만들었다. 혼신의 힘을 다해 발버둥을 쳐 보았지만 그럴수록 더 세게 옥죄는 어둑서니의 손으로 인해 주영은 점점 숨이 막혀 왔다.

"주영아!"

호흡이 가빠 왔다. 정신을 차리려 노력했지만 그럴수록 점점 더 세게 조여 오는 어둑서니의 손에 주영은 정신이 혼미해지기 시작했다.

그때 갑자기 밝은 빛을 내며 다가오는 도깨비불이 어둑서니의 팔을 잘라 냈다. 어둠이 끊어지면서 주영을 잡고 있던 손도 사라졌다. 주영은 그 자리에 풀썩 쓰러지며 괴로운 듯 기침을 했다.

도깨비불은 온몸으로 어둑서니와 부딪쳤다. 어두운 벽으로 밀어내려 도깨비불이 더욱 밝게 빛을 내자 어둠 속에서 갑자기 날카로운 이빨들이 튀어나왔다.

"어리석은 도깨비 같으니라고. 같은 방법이 통할 것 같아?"

검은 손은 도깨비불을 덥썩 잡더니 날카로운 이빨로 천천히 가져갔다. 그러고는 겹겹이 난 이빨로 도깨비불을 으적, 씹어 버렸다. 벼리의 고통스러운 비명 소리가 들렸다.

"벼리야!"

주영은 벼리를 부르며 뛰어가려 했지만 다리가 무거웠다. 마치 깊은 물속에 잠긴 듯 생각과 다르게 느린 발걸음에 힘겨웠다.

피투성이가 된 벼리는 원래 모습으로 돌아와 바닥에 툭 떨어졌다. 주영은 힘없이 축 늘어진 벼리에게 가까스로 다가왔다.

"괘… 괜찮아? 정신 차려 봐!"

힘겹게 눈을 뜨는 벼리의 눈이 다시 천천히 감겼다. 주영은 벼리를 잡고 흔들어댔다. 힘없이 떨리던 벼리의 입이 천천히 움직였다.

"미안해… 이번에도 내가 큰 도움이 못 됐네……."

"아니야. 너 없었으면 여기까지도 못 왔어. 내가 미안해……."

주영은 벼리를 품에 안으며 눈물을 흘렸다. 주영의 품에 안겨 있던 벼리의 몸이 희미해지기 시작했다. 놀란 주영은 떨리는 손으로 벼리를 쓰다듬었다.

"아니야, 내 이름을 처음으로 지어 준 게 주영이 너잖아. 미안할 거 없어."

아까보다 더 흐릿해지는 벼리의 모습. 주영은 그제야 벼리 역시 자신이 존재했던 기억의 한계를 넘어 자신과 함께 과거로 와 준 사실을 깨닫게 되었다.

"안 돼! 이대로 사라지면 안 돼!"

아스라이 사라져 가는 벼리를 붙잡으려고 손을 뻗었지만 손끝 사이로 흩어지는 잔상에 주영의 손이 떨려왔다. 만약 이대로 사라지고 다시 기억하지 못한다면…….

주영은 고개를 들어 벼리를 바라보았다. 눈물투성이인 주영의 얼굴을 보더니 벼리가 힘없이 키득키득 웃었다. 주영은 그런 벼리를 보며 애써 울음을 참고 말했다.

"이번엔 절대 잊지 않을게. 내가 널 찾을 거야. 내가 꼭 기억할게. 그리고 네 이름을 불러 줄게, 우리 처음 만났을 때처럼."

주영의 품에서 벼리의 모습이 점점 희미해져 갔다.

"응, 나 꼭 잊지 마."

마치 흩어지는 꽃가루처럼 벼리가 천천히 날아갔다. 바람에 날리듯 사라지는 모습이 꼭 이 세상 존재가 아닌 것처럼 느껴졌다. 주영은 방금 전까지만 해도 자신의 품에 있던 존재가 한순간에 사라진 허무함에 눈물이 났다.

"흥. 귀찮은 도깨비 녀석 사라지니 편하군."

다시 주영의 주변으로 어둠이 감싸기 시작했다. 하지만 어둠은 아까와 달리 다소 느리게 움직였다.

"감히 내 친구를…!"

어둑서니를 향해 돌아선, 분노에 찬 주영의 눈빛을 보자 어둠의 영역이 점점 줄어들기 시작했다.

"어? 뭐야… 이거 왜 이래……."

어둑서니의 당황스러운 목소리. 그때 등 뒤에서 강아지 짖는 소리가 들렸다. 어둑서니의 힘이 조금씩 약해지자 주영은 그제야 주변이 보이기 시작했다. 자신이 서 있는 곳이 길거리 한복판이라는 걸 깨달았다. 또 다시 들리는 익숙한 개 짖는 소리에 고개를 돌린 주영은 그곳에서 수인의 모습을 찾은 듯했다.

"수… 수인아!"

주영은 황급히 수인의 곁으로 달려갔다. 자기 또래의 아이가 달려오는 모습에 당황한 수인이 명순 뒤로 몸을 숨겼다.

"언니는 누구… 세요?"

'언니'라는 말을 듣고서야 주영은 자신이 수인이 또래 아이의 모습을 하고 있다는 걸 깨달았다. 설명을 하려고 입을 여는 순간 명순의 얼굴이 주영의 앞으로 바짝 다가왔다.

"주영이 너는 왜 여기에 있어?"

주영은 그 상태로 굳어 버렸다. 엄마였다. 흐릿한 기억 속에서 엄마는 어떤 목소리였는지, 어떤 얼굴이었는지 늘 알 수 없었다. 그저 '엄마' 하고 부를 때마다 느껴지는 알 수 없는 그리움이 주영을 감싸곤 했었다.

그런 엄마가 주영의 앞에서 자신의 이름을 부르고 있다는 사실에 주영은 더 이상 아무런 생각이 나지 않았다. 이대로 엄마한테 울면서 안겨야 할까, 아직은 낯선 마음 그대로 '안녕하세요' 하고 인사해야 할까.

한참을 생각하던 주영은 찰랑거리며 목까지 차오른 눈물을 애써 참으며 말했다.

"엄마……."

이상하게 이 말만 했을 뿐인데 주영은 마음속 그리움이 손끝과 발끝까지 퍼져 나가는 느낌이 들었다. 엄마. 30년 넘게 불러 보고 싶었던 말이었다.

"주영이요? 주영이? 그러면… 우리 엄마?"

수인은 명순과 주영을 번갈아 보며 입을 다물지 못했다. 명순은 어리둥절한 표정으로 둘을 쳐다보았다.

"진짜 엄마야?"

수인은 신기한지 주영을 이리저리 만져 보며 눈을 반짝였다. 그 모습이 재밌는 듯 주영이 말 없이 살짝 웃자 명순이 주영을 자기 쪽으로 슬쩍 끌어당겼다.

"주영아, 너 아는 애니?"

"아… 그게……."

"할머니! 우리 엄마예요! 엄마!"

"뭐? 무슨 소리야? 주영이가 왜 네 엄마야? 네 또래인데, 친구지 친구."

주영은 명순에게 무언가 말을 하려다 삼켰다. 지금의 이 상황을 어떻게 설명할 것이며 어떻게 이해시킬 수 있을까.

어리둥절한 상황 속 선득한 공기가 이어지고 있을 때 한쪽에서 경계를 늦추지 않던 짱이가 검은 그림자를 보고 날카롭게 짖기 시작했다.

“뭘 보고 저렇게 짖는 거니? 그림자밖에 없는데…….”

어리둥절한 표정으로 수인과 짱이를 바라보던 명순은 문득 검은 그림자가 어느 새 자신과 아이들 근처로 스물스물 다가오는 모습을 보고 본능적으로 아이들을 자기 곁으로 끌어당겼다.

“그림자가… 움직이는데?”

명순이 말을 채 마치기도 전에 검은 그림자에서 손이 불쑥 튀어나와 수인을 낚아채 갔다. 말도 안 되는 상황을 직접 눈으로 목격한 명순은 놀라 소리를 지르며 주영을 감싸 안았다.

“불청객이 늘어나 버렸군.”

“저… 저건 뭐야! 괴물이다!”

명순이 어둑서니를 향해 소리 지르자 어느새 명순의 공포를 흡수하며 다가오는 어둑서니. 어둠이 자신에게 바짝 다가오자 위기감을 느낀 명순은 끌어안고 있던 주영을 자신의 품에서 멀리 밀어냈다. 눈 깜짝할 사이에 내던져진 주영은 길에 쓰러진 채 어둑서니가 명순을 삼키는 모습을 눈 앞에서 목격했다.

“엄마!”

수인과 명순을 삼킨 어둠은 마치 주영에게 보란 듯이 작게 쪼그라들기 시작했다. 작아진 어둑서니가 어둠 속으로 몸을 숨겼다. 주영은 조급한 마음에 어둑서니를 따라 어둠 속으로 들어갔다. 마치 예상했다는 듯 어둑서니는 웃음을 띠며 주영의 행동을 막지 않았다. 그 사이 짱이도 주영을 따라 어둠 속으로 따라 들어갔다.

주영은 지금 느끼는 이 어둠이 이상하게도 낯설지 않았다. 마치 오래된 기억 속에서 한 번쯤 어둠에 갇혔던 것처럼 묘한 기시감이 들었다.

"엄마! 수인아!"

아무런 대답도 없는 어둠 속에서 헤매던 주영은 타박타박 자신을 따라오는 발소리에 놀라 뒤를 돌아보았다. 하얗고 작은 강아지 짱이가 혀를 내밀고 헥헥대고 있었다. 주영이 몸을 낮추고 짱이를 부르자 짱이는 잠시 멈칫하더니 바짝 경계하고 조심스럽게 다가와 주영의 발 냄새를 맡았다. 어린 주영의 모습이 낯선 듯했다. 그러더니 문득 귀를 쫑긋 세우고 어딘가를 향해 짖더니 그쪽으로 달려가기 시작했다. 주영은 짱이가 짖는 쪽에 수인과 명순이 있을 거라 확신했다.

"짱이야! 같이 가!"

분명 아까까지만 해도 움직이던 다리가 또다시 무언가에 들러붙은 것처럼 움직이지 않았다. 주영은 어둠 속으로 들어가는 짱이를 바라볼 수밖에 없었다.

무겁고 짙은 어둠 속에서 익숙한 향이 나기 시작했다. 거칠어지는 주영의 호흡. 이내 머리까지 어지러워지기 시작했다.

'이 기분… 느낀 적 있어… 이렇게 어둡고 기분 나쁜 기억…….'

주영은 그 자리에 털썩 쓰러졌다. 머릿속에선 온갖 기억들이 거친 해일처럼 몰아쳤다. 시계가 거꾸로 돌아가듯 수면 아래 잠겨 있던 기억들이 하나둘 천천히 떠오르기 시작했다. 주영의 머릿속에 문득 하나의 의문이 생겨났다.

'그러고 보니… 엄마가 어떻게 돌아가셨었지…….'

14.

잠들어 있는 주영을 툭툭 건드려 깨우는 손이 보였다. 잠에서 깬 주영은 고개를 두리번거렸다. 방금까지 시야를 가로막고 있던 어둠은 사라졌다. 정신을 차려 보니 눈앞에 기중의 얼굴이 보였다.

"아빠?"

"여기서 자지 말고 들어가서 자……."

주영은 자리에서 벌떡 일어나 주변을 황급히 둘러보았다. 어둠 속에서 무사히 빠져나온 건가 싶어 안도의 한숨을 내쉬는데 아까 어둠 속에서 맡았던 묘한 향이 여전히 난다는 걸 알게 되자 주영은 기분 나쁜 섬뜩함을 느꼈다. 문득 고개를 돌리니 한쪽에 명순의 얼굴이 보였다. 명순의 영정 사진이었다. 어둠 속에서 맡았던 향은 장례식장에서 피우는 향내였다. 향 연기가 천천히 피어오르며 무표정한 명순의 영정 사진 쪽으로 향했다.

"…어떻게 된 거야? 엄마는?"

주영의 물음에 기중은 의아한 얼굴로 주영을 쳐다보기만 할 뿐 아무 대답도 하지 못했다.

"엄마는 어떻게 된 거야? 수인이는? 짱이는?"

"우리 주영이가 지금 충격을 많이 받았나 보다. 방에 가서 한숨 더 자. 자고 나면 이야기해 줄게."

"아까 나 엄마 봤는데… 엄마가 이상한 어둠 속으로 들어가서 내가 찾으러 따라갔거든. 근데… 눈을 뜨니까 여기인 거야. 아까 내가 분명히 엄마를 만났는데……."

기중은 아무 감정도 없는 듯한 얼굴로 주영을 바라보았다. 천천히 눈을 깜빡이던 기중의 얼굴에 거뭇거뭇 수염이 돋아나 있었다. 기중은 수염을 문지르며 잠시 생각에 잠겼다. 어린 딸에게 이 상황을 어떻게 이야기해 줘야 하나 싶은 표정이었다.

"주영아… 엄마는……."

어렵게 입을 뗀 기중은 다시 입을 꾹 다물었다. 표정 없는 얼굴엔 혈색도 사라진 모습이었다. 깊은 한숨을 내쉬던 기중은 한참 뜸을 들이더니 입을 열었다.

"이따가 얘기하자. 아빠가 지금 많이 피곤해서."

밖으로 나가는 기중의 뒷모습을 바라보는 주영은 이 상황이 혼란스럽기만 했다. 사람이 하나도 없는 장례식장. 조용하다 못해 고요했다.

"너 때문이잖아."

갑작스러운 목소리에 주영은 놀라 뒤를 돌아보았다. 여전히 아무도 없는 장례식장. 주영 혼자 명순의 영정 사진 앞에 앉아 있었다. 사진 속 엄마와 눈이 마주친 주영은 몸이 떨려 오는 것을 느꼈다. 아까부터 애써 부정하던 하나의 생각이 머릿속을 채우기 시작했다.

"설마 나 때문에…? 혹시… 내가 과거로 온 것 때문에 엄마가…?"

영정 사진 속 무표정한 명순의 얼굴이 점점 괴로워하는 것처럼 변하기 시작했다. 눈물을 흘리는 듯한 명순의 표정에 공포를 느낀 주영은 장례식장을 나와 도망치듯 달렸다. 마치 어둠 속을 헤매던 그때처럼 어두운 복도를 달려가는 주영의 옆에서 다시 목소리가 들려왔다.

"맞아, 너 때문이야."

"누구야?"

달리던 주영의 발걸음이 멈추었다. 주위가 다시 고요와 어둠 속에 잠겼다.

"이 모든 건 다 너 때문이야. 네가 과거로 돌아오지만 않았어도 모두 이렇게 되지는 않았을 거야."

"모두?"

"그래 모두. 너희 엄마뿐만 아니라 그 아이와 강아지까지 모두 사라졌어. 아니, 죽었지."

어둑서니는 조금씩 조금씩 주영에게 다가오고 있었다. 충격에 빠진 주영은 어둑서니가 다가오는 것도 눈치채지 못한 채 그 자리에 굳은 듯이 서 있었다.

"아… 아니야……."

"너 때문이라고. 모두."

"아니라고!"

어둑서니의 말을 듣고 싶지 않다는 듯 주영은 귀를 막고 절규했다. 그러나 어둑서니의 말은 밖에서 들리는 것이 아니었다. 주영의 내면에서 들리는 말이었다.

"아무리 귀를 막아도 상황은 바뀌지 않아. 너도 알고 있잖아. 이건 모두 너 때문에 벌어진 일이라는 걸. 과거를 바꾼다고? 아이를 구한다고? 이 모든 게 네가 섣부르게 판단한 결과야. 너는 아무것도 바꾸지 못해."

귀를 막고 있던 주영의 손이 툭 떨어졌다. 주영의 앞에 있는 그림자가 흔들흔들 움직였다. 그리고 곧 주영을 삼킬 것처럼 주영을 감쌌다. 고개도 들지 않은 채 멍하니 있는 주영 앞에 어둑서니의 눈이 드러났다.

"괴롭지?"

어둑서니의 눈을 바라보면 안 된다는 건 주영도 알고 있었다. 하지만 그 말을 들은 순간 그를 바라보지 않을 수 없었다. 자신의 선택에 대한 결과를 마주해야 한다는 두려움과 뼈아픈 죄책감을 건드렸기 때문이다.

"괴롭지? 그래, 많이 괴로울 거야. 얼마나 힘드니? 그런데 그 괴로움, 내가 없애줄 수 있어."

어둑서니의 말에 주영의 눈이 커졌다.

"네 기억을 나한테 주면 돼. 너로 인해 모두가 사라진 그 괴로운 기억들을… 내가 다 삼켜 줄게. 그럼 넌 아무것도 모른 채 다시 시작할 수 있어. 엄마가 너로 인해 죽었다는 사실도, 아이가 너로 인해 사라졌다는 사실도, 모두 없던 일이 되는 거야."

"내 기억을… 가져간다고?"

"그래. 난 기억을 먹고 살아가니까 너의 괴로운 기억이 필요해. 서로 좋은 기회 아닌가. 넌 힘들었던 기억을 지우고, 난 그 기억으로 더 강해지고."

주영의 심장이 빠르게 뛰기 시작했다. 어둑서니의 제안을 받아들이면 안 된다는 걸 알고 이곳으로 왔다. 하지만 마음이 흔들리기 시작했다. 어둑서니는 점점 주영의 곁으로 다가왔다.

“아니면… 계속 이렇게 살 거야? 네가 사랑하는 사람들을 모두 네 잘못으로 잃었다는 죄책감을 안고 살아갈 거냐고.”

어둑서니는 주영을 천천히 감싸기 시작했다. 어둠 속에 잠겨 버린 주영은 서서히 자신을 옥죄는 한마디 한마디를 들으며 간신히 서 있었다.

“살아갈 수 있겠어? 응? 견딜 수 있겠냐고…….”

주영은 점점 공포를 느끼기 시작했다. 하지만 그 공포는 어둑서니에 대한 공포가 아니었다. 자신의 내면으로부터 시작된 두려움, 죄책감, 원망, 슬픔, 분노, 후회였다. 자신의 마음에서 쏟아져 나오는 감정을 주영은 스스로 감당할 수 없을 것 같았다. 이렇게 괴로운 마음을 안고 앞으로 살아가야 한다고? 가슴에 커다란 돌덩이를 끌어안고 이렇게 평생을? 그럴 수는 없었다. 그러기에 주영은 너무나 나약한 인간일 뿐이다.

“엄마!”

어둠 속을 쨍하고 울리는 빛 같은 소리가 들렸다. 수인의 목소리였다. 주영의 내면에서 들리는 소리가 아니었다. 그제야 주영은 깨달았다. 이 어둠 밖에 수인이 있다.

“엄마! 그럼 안 돼! 그거 모두…….”

마치 오래된 라디오에서 들리는 것처럼 지지직거리는 수인의 목소리. 하지만 주영은 그게 무슨 소리인지, 무슨 뜻인지 알 수 있었다.

"수인이 목소리··· 그래··· 모두 가짜구나!"

주영의 한마디에 어둠이 갑자기 쩍 하고 금이 가기 시작했다. 파사삭 깨지는 공간. 명순의 영정 사진도, 장례식장도, 기중의 뒷모습도, 모두 유리창처럼 깨지더니 와르르 무너져 내렸다.

그 끝에서 수인의 모습이 보였다. 수인은 주영을 발견하고 다급히 달려왔다.

"엄마!"

주영은 달려와 안기는 수인을 꼭 안았다. 짱이는 그 곁에서 어둑서니를 경계하며 계속해서 짖고 있었다.

"이익. 이 녀석 때문에!"

어둑서니는 자신의 계획이 틀어진 것에 대한 보복인 듯 짱이를 쿵 짓밟으려 했다. 하지만 재빨리 어둑서니의 발을 피한 짱이는 약 올리듯 어둑서니의 주위를 빼앗았다. 짱이의 도발에 잔뜩 화가 난 듯 어둑서니는 검은 손을 꺼내 짱이를 붙잡았다. 붙잡힌 짱이는 점점 힘이 빠지는 듯하더니 이내 흐려지면서 사라졌다.

"귀찮은 녀석 같으니라고. 조금만 더 있으면 성공할 수 있었는데!"

주영은 그제야 어둑서니의 얼굴을 똑바로 쳐다봤다. 항상 어둠 속에 숨은 채 본모습을 감추고 있던 어둑서니. 주영은 무언가 확인하려는 듯 저벅저벅 어둑서니 곁으로 다가갔다. 움찔거리던 어둑서니는 그림자 속에 다시 몸을 숨겼다.

"기억났어. 넌… 나한테서 태어난 거지?"

주영의 그림자가 된 어둑서니는 조심스럽게 몸을 부풀리기 시작했다.

"그래. 네가 가진 공포와 절망, 죄책감은 정말 강력해. 나를 만든 힘도, 바로 그 절망이었지."

"너 때문이 아니었어… 나는, 나는… 나 스스로 기억을 지우려고 했던 거야……."

그제야 주영이 스스로 감춰 두었던 기억들이 살아나기 시작했다. 무엇이 시작이었는지는 아직도 모른다. 과거로 떠남으로써 엄마가 죽은 건지, 엄마가 죽음으로써 과거로 떠나게 된 건지… 그렇게 반복되는 여정 속에서 주영은 더 나아가는 방법도, 이 고리를 끊어내는 방법도 깨닫지 못했다. 항상 절망했고 늘 슬펐다. 더 나은 내일보단 후회되는 어제만 생각했다. 그것이 바로 이 끊임없는 악몽에서 벗어나지 못한 이유였다.

"기억이 사라지면서 오히려 넌 더 불행해졌지. 그 불행이 또 나의 먹이가 되었고 난 그 절망으로 강한 힘을 얻을 수 있었다."

그것이 어둑서니가 계속해서 살아가게 된 힘이 되었다. 절망의 과거로 들어가는 어리석은 선택을 반복하는 인간의 나약함을 먹고 사는 어둑서니에겐, 주영의 두려움이야말로 영생의 길이었다.

주영은 그제야 자기 안에 꽁꽁 숨겨 두었던, 명순의 죽음에 대한 기억이 천천히 떠오르기 시작했다.

15.

그날은 기중이 집에 일찍 도착한 날이었다. 구겨진 철문 틈으로 보인 아빠의 신발에 주영은 득달같이 대문을 열고 나가 기중을 맞았다. 하지만 함께 오던 엄마의 모습이 그날따라 보이지 않았다.

"엄마는?"

"엄마는 장 좀 보고 이따 오신대."

주영이 실망한 표정을 짓자 기중은 웃으며 주영의 머리를 쓰다듬었다.

"금방 오실 거야. 날도 추워졌는데 들어가 있자."

기중은 지친 몸을 이끌고 대문을 열었다. 과연 기중의 말처럼 서늘한 바람이 불기 시작했다. 주영은 이제 완연한 가을이라고 생각했다.

"그럼 내가 엄마 데리러 갈래."

주영의 말에 기중의 미간에 주름이 잡혔다. 안 그래도 요즘처럼 해가 짧아지는 시기에는 눈 깜빡할 새에 주위가 어두워지곤 했다.

기중의 집 바로 앞에는 커다란 도로가 있고 트럭이나 중장비 차량이 자주 다녔지만 펜스나 별다른 안전장치가 없어 사고의 위험이 높았다. 얼마 전에도 건넛집에 사는 노인이 평소처럼 도로를 가로질러 오다가 트럭에 치이는 사고가 있었다.

기중은 고개를 저으며 빨리 들어오라고 주영에게 손짓했다.

"위험해. 엄마 금방 오신다니까."

"멀리 안 갈 거야. 저기 앞에서 기다릴 거야."

"요새 공사한다고 이 주변에 큰 트럭들이 많이 지나다닌단 말이야. 큰일나. 너 저번에도 맞은편에서 오는 차도 못 보고 돌아다녔잖아."

"이제 안 그래. 도로 쪽으로 안 가고 벽에 딱 붙어서 똑바로 갈게."

"안 돼! 얼른 들어와."

"딱 한 번만! 응? 응?"

주영의 고집에 피곤함을 느낀 기중은 어쩔 수 없다는 듯 깊은 한숨을 쉬며 주영을 바라보았다.

"그럼 멀리 가지 말고 길 입구 쪽까지만 가. 알았지?"

기중의 말에 주영은 신난 듯 폴짝거리며 대문을 나섰다. 기중은 후다닥 달려가는 주영을 보며 "어어, 저저저…" 하며 말리려 했지만 이내 시야에서 사라지자 어쩔 수 없다는 듯 집 안으로 몸을 돌렸다. 조심성 없고 천방지축인 주영이었지만 자주 다니던 길이라 큰일은 없을 거라 생각하는 기중이었다.

신나게 달리던 주영은 아까 기중과 약속했던 마을 입구까지 도착했다. 혹시나 엄마가 마을 어귀까지 왔나 싶어 까치발을 들어 내다봤지만 명순의 모습은 아직 보이지 않았다. 주영은 불안한 듯 자리에서 서성거리더니 이내 결심한 듯 조금 더 걸어 나가기 시작했다. 마음 한편에서 올라오는, 아빠에 대한 미안함을 외면한 채.

해가 천천히 지고 있었다. 아직 어둡지는 않았지만 길목마다 조금씩 어둠이 내려앉은 게 눈에 띄었다. 옆으로 지나다니는 몇 안 되는 차들은 헤드라이트를 켠 채 달리고 있었다.

한참을 저벅거리며 걷던 주영의 눈에 양 손 가득 무거운 짐을 들고 오는 명순의 모습이 보였다. 주영은 명순이 자신을 발견하기도 전에 냅다 뛰어 명순의 품에 안겼다.

"엄마!"

"주영이 너 어떻게 여기 있어?"

갑작스러운 주영의 등장에 명순은 당황한 듯한 표정을 지었다. 그 옆으로 지나가는 큰 차가 위협적으로 보였는지 명순은 이내 길 안쪽으로 주영을 밀어 넣었다.

"엄마 마중 나왔지."

"입구 쪽에서 기다리지 왜 여기까지 왔어!"

갑작스러운 명순의 호통에 주영은 입을 삐쭉 내밀었다. 엄마를 보고 싶어서 먼 길을 달려온 자신의 마음도 모른 채 야단만 치는 명순에게 심통이 난 주영은 입을 다물고 대답도 하지 않은 채 그 자리에 멈춰 섰다.

"여긴 위험하니까 얼른 가자. 해 지면 차들이 지나다닐 때 위험해!"

명순은 얼른 주영의 손을 잡아당겼지만 불만 가득한 주영은 꿈쩍도 않은 채 서 있다.

"안 갈 거야?"

"…나 혼자 갈 수 있어."

주영은 툴툴대는 말투와 과장된 몸짓으로 아까 왔던 길을 다시 돌아가기 시작했다. 그 뒤에서 한숨을 쉬던 명순은 잠시 내려놓았던 짐을 양손 가득 들고 주영의 뒤를 따라 움직였다.

큰 차들이 쌩쌩 달리는 도로는 이제 어둠 속에 잠기기 시작했다. 명순은 주영을 자신의 옆쪽으로 두고 걷고 싶었지만 일단은 입이 댓 발 나온 주영을 달래는 게 우선이었다. 어떻게 하면 주영의 기분을 조금이라도 풀어 줄 수 있을까 고민하던 명순은 문득 길가에 핀 민들레꽃을 바라보았다. 주영의 뒤통수를 보며 은근한 미소를 짓던 명순은 민들레꽃을 엮어 작은 꽃반지를 만들었다.

자신의 뒤에서 불쑥 내민 민들레 꽃반지를 보고 눈이 휘둥그레진 주영은 자신의 작은 손가락에 끼워지는 꽃반지를 신기한 듯 바라보았다. 꽃반지에선 축축한 풀냄새가 났지만 그마저도 향긋하게 느껴졌다.

"삐쳐가지고 엄마한테 말도 안 걸고. 뭐 이쁘다고 선물까지 주고 말이야, 그치?"

"엄마! 머리띠도 만들 수 있어?"

"얼씨구? 이제 주문까지 하는 거야?"

하지만 그렇게 말하면서도 명순은 짐을 옆에 내려놓고 꽃을 더 따기 위해 도로 옆 풀숲으로 들어갔다. 주영은 기분이 좋은 듯 콧노래를 부르며 꽃반지를 바라보았다.

그때 발치에 둔 명순의 짐에서 사과 하나가 굴러 나왔다. 데굴데굴 굴러가던 사과는 도로 쪽으로 향했다. 주영은 사과를 집기 위해 아무 생각도 없이 도로로 달려 나갔다. 멀리서 빠른 속도로 달려오는 트럭 한 대를 보지 못한 채.

순식간에 벌어진 일이었다. 손쓸 틈도 없이 사고는 일어났다. 주영이 정신을 차렸을 땐 모든 상황이 끝나 있었다. 명순은 커다란 트럭에 치여 도로에 쓰러져 있었다.

주영은 멍해졌다. 사람 몸에서 그렇게 많은 피가 나올 수 있는지 처음 알았다. 정신없고 혼란스럽던 그 와중에도 주영은 검은 그림자가 자신에게 다가오는 것을 보았다. 자신을 향해 천천히 다가오는 검은 그림자. 그것이 주영과 어둑서니의 첫 만남이었다.

주영은 쓰러진 명순을 향해 달려가려고 했다. 하지만 어둠에 발이 묶인 듯 몸이 움직이지 않았다.

어둠 속에 쓰러져 있던 명순이 천천히 고개를 들었다. 주영은 그 얼굴이 훗날 장례식장에서 본 명순의 영정 사진 속 얼굴과 닮았다고 생각했다. 원망을 담아 자신을 바라보던 그 얼굴. 괴로움이 다시금 스멀스멀 올라오는 기분이었다. 주영은 또다시 울렁대는 마음속 요동을 느끼고 있었다. 그런 주영 곁으로 스르르 다가오는 어둑서니의 그림자가 보였다.

"주영아… 엄마 좀 봐."

명순의 영정 사진에서 들리는 소리가 아니었다. 바깥에서 나는 소리도 아니었다. 잊고 있던 엄마의 목소리가 기억나기 시작하는 주영이었다. 그래, 그때 엄마가 나한테 했던 말이 있었어. 주영은 불안했던 마음을 가라앉혔다. 엄마의 목소리에 모든 주의를 집중해야 했다.

"다치지 않아서, 주영이가 무사해서 다행이야. 엄마는 그거면 돼. 그러니까 너무 미안해하지 마. 알았지?"

조용히 주영의 마음을 울리는 소리. 명순은 어린 딸이 죽어가는 엄마를 보고 죄책감과 괴로움에 시달릴 거라는 걸 알고 있었다.

내 아이가 그 어떤 고통도, 괴로움도 모른 채 살아갔으면 하는 것이 부모의 마음이지만 불가항력의 상황이 있다는 걸 깨닫게 된 명순이었다. 명순은 고민했다. 어떻게 하면 주영이 마음의 짐 없이 앞으로 남은 삶을 아끼면서 살아갈 수 있을까. 명순은 힘겹게 입을 열었다.

"주영아. 이건 네 잘못이 아니야. 이렇게 된 일일 뿐이야. 그러니까 엄마가 없어도 너는 너의 삶을 살아가야 해. 엄마가 바라는 건 그거 하나야."

마침내, 선명하게 떠오른 명순의 말에 주영은 울음이 멈추질 않았다. 엄마는 살아가라고 했다. 하지만 자신의 잘못이 괴로운 나머지 살아가는 것조차 괴로움이라 여기며 어둑서니에게 아픈 기억을 던져 주었다. 주영은 그제야 자신이 왜 같은 잘못을 저지르며 살아가는지 알게 되었다. 앞으로 나아가는 것을 선택할 용기가 없었던 자신에게 미안한 마음이 들었다.

눈물을 닦고 고개를 들었다. 다시 앞을 보자 어둑서니와 눈이 마주쳤다. 어둑서니의 모습이 또다시 흐려지기 시작했다. 힘을 잃고 깜빡거리는 어둑서니가 절규했다.

"안 돼… 계속 절망하란 말이야! 이번엔 왜 절망하지 않는 거야?"

"이제 사라져. 난 살아갈 거야. 앞으로 나아갈 거야. 이제 더 이상 네가 있을 자리는 없어!"

주영의 말에 어둠이 한순간에 사라졌다. 무언가가 깨어지는 요란함도, 날아가는 화려함도 없이 그냥 불현듯 사라져 버렸다. 마치 처음부터 어둠은 없었던 것처럼.

어둑서니의 음침한 목소리가 조그맣게 울렸다.

"나는 다시 꼭… 나타날 거야… 키키킥… 네가 좌절에 빠질 때마다, 절망 속을 헤맬 때마다… 그 옆에 내가 있을 거야."

16.

어둠이 사라지고 밝은 무無의 공간 앞에 선 주영과 수인. 수인은 아무것도 없는 공간이 신기한지 어린아이답게 이것저것 살펴보며 뛰어다녔다. 그러더니 이내 자신과 키가 비슷한 주영의 곁으로 다가왔다.

"드디어 악당이 없어졌어!"

"그래… 이제 모두 사라진 것 같아."

그제야 안도의 한숨을 내쉬며 주위를 둘러보는 주영의 눈가가 아직 촉촉했다. 자신에게 살아가라고 했던 엄마의 말을 뒤늦게 생각하면서 울컥하는 감정을 아직 추스르지 못하고 있었다.

"엄마… 근데 나도 사라지는 거야?"

갑작스러운 수인의 말에 놀란 주영은 잡고 있던 수인의 손을 바라보았다. 벼리 때와 마찬가지로 점점 희미해지는 수인의 손. 그제야 주영은 자신이 지금 수인이 태어나기 이전의 과거로 왔다는 사실을 떠올렸다.

"아… 안 돼……."

주영은 허겁지겁 수인을 잡으려 했지만 수인의 모습은 점점 흐려졌다. 수인 역시 자신이 사라지는 걸 느끼며 두려움에 소리쳤다.

"엄마… 무서워… 나 없어지는 거야?"

필사적으로 붙잡는 수인의 손이 희미해지는 것을 보던 주영은 눈물을 흘렸다. 이제야 다시 만나게 됐는데, 이렇게 보내야 하다니…….

"수인아… 수인아… 엄마가 미안해. 엄마가 어른답지 못했어. 우리 수인일 좀 더 감싸 주고 많이 안아 줘야 했는데 미안해. 정말 미안해……."

주영이 얼굴을 묻고 눈물을 흘렸다. 그러자 그 모습을 지켜보던 수인이 주영의 머리를 쓰다듬었다. 주영은 놀란 듯 고개를 들었다. 수인은 웃고 있었지만 눈에 눈물이 그렁그렁했다.

"엄마 울지 마. 엄마가 날 사랑하지 않는다고 했던 거 미안해. 엄마가 늘 내 생각 하고 있던 거 나도 알아. 그냥… 심술이 났었나 봐."

"수인아……."

"엄마. 나 엄마가 많이 보고 싶을 거야."

모습이 거의 남아 있지 않은 수인을 최대한 붙잡으려 주영은 손을 뻗었다. 주영은 불안했다. 다시 수인을 만날 수 있을까? 이제는 미래가 되어 버린 주영의 과거에서 단 하나라도 달라진다면 수인을 볼 수 없을 것 같았다. 지금이 마지막이라면 주영은 더 이상 견딜 수 없을 것 같았다.

잡히지 않아도, 그곳에 수인이 있다는 것 그 자체만으로도 주영에게는 하나의 위안이 되었었다. 주영은 수인을 향해 외쳤다.

"수인아! 엄마가 절대 잊지 않을게! 수인이를 다시 만날 때까지 하나도 잊지 않고 기다릴게! 그러니까 꼭 믿고 엄마한테 다시 와 줘, 알았지?"

수인의 모습이 점점 사라지고 있었다. 자신의 외침이 닿았을까 노심초사하는 마음으로 주영은 수인이 사라진 곳을 바라보았다. 나지막한 수인의 목소리가 들리는 것 같았다.

"응, 엄마. 우린 꼭 다시 만날 거야. 그때까지 나 잊으면 안 돼."

17.

주영은 꿈을 꾸는 듯 눈을 감은 채 눈물을 흘리고 있었다. 흐느끼는 소리에 주영의 곁으로 커다란 손 하나가 다가왔다. 주영의 머리를 쓱쓱 쓰다듬는 크고 투박한 손 하나.

주영은 꿈결 같은 기분에 눈을 떴다. 눈에서 흐른 눈물이 뺨을 타고 흘렀다. 자신의 눈앞에 있는 사람이 아빠, 기중임을 깨달았다.

"아빠?"

"악몽을 꿨니?"

기중은 검은 양복을 입고 있었다. 그제야 주영도 자신의 모습을 보았다. 검은 상복. 주위를 둘러보자 주영은 익숙한 이곳이 어디인지 눈치챘다. 엄마 명순의 장례식장이었다.

"엄마는?"

자신도 모르게 튀어나온 말에 주영은 기중의 눈치를 보았다. 기중은 말없이 고개를 숙였다.

그제야 주영은 아무것도 바뀐 것 없이 다시 자신이 과거로 돌아왔다는 사실을 깨달았다. 바뀐 것이 하나 있다면 원래라면 어둑서니에게 넘겼을 자신의 기억이 그대로 함께 있다는 것뿐이었다. 하지만 벌써 주영은 이 기억이 진짜인지 아닌지 헷갈리기 시작했다.

"배고프지? 저기서 밥이라도 먹을래?"

기중은 한쪽에 차려진 상 앞으로 주영을 데리고 갔다. 상엔 다식은 떡들과 반찬들, 음료수가 놓여 있었다. 조심스럽게 앉은 주영 앞으로 따뜻한 육개장 하나가 놓였다.

주영은 힘없이 숟가락을 들었다. 하지만 입에 무언가를 넣고 싶은 마음이 전혀 들지 않아 다시 숟가락을 내려놓았다. 그 모습을 보던 기중은 나무젓가락을 뜯어 주영 앞에 있는 접시에 반찬 하나를 덜어 주었다.

"먹어야지. 며칠 동안 밥도 제대로 못 먹었잖아."

주영은 장례식장 안을 둘러보았다. 늦은 시간이라 기중과 거의 단둘이 있는 지금 이 상황이, 마치 아직도 어둑서니의 꿈속에 있는 것처럼 느껴졌다. 아니, 사실은 아직도 어둑서니의 꿈속이 아닐까 의심되기도 했다.

"…꿈을 꿨어."

넌지시 던지는 주영의 말에 기중은 의아하다는 듯 물었다.

"무슨 꿈?"

"엄마가 나왔어."

"…엄마가 뭐래?"

기중의 질문에 주영은 갑자기 입을 닫았다. 기중은 가볍게 한숨을 쉬더니 자기 앞에 놓인 육개장에 밥을 말아 한 숟가락씩 떠먹기 시작했다.

조용한 정적을 깨는 기중의 식사 소리. 주영은 오랜 침묵 끝에 다시 입을 열었다.

"아빠는 왜 아무것도 안 물어봐?"

주영의 말에 기중은 빠르게 움직이던 숟가락질을 멈췄다.

"뭘?"

"엄마랑 나랑 같이 있었는데… 무슨 일이 있었는지 왜 안 물어봐?"

기중은 한참 동안 대답이 없었다. 주영 또한 기중의 대답을 듣는 것이 두려웠다.

주영이 기중을 마주하는 것이 불편해지게 된 가장 큰 사건이 명순의 죽음이었다. 그 이후로 주영은 자신에게 엄마가 아니라 '부모' 모두가 사라진 것 같은 느낌을 받았다.

명순의 죽음 이후 기중은 변했다. 늘 바쁘고 집에 자주 없는 건 예전과 비슷했지만 주영을 대하는 태도나 주영에게 기울이는 관심 등 그 모든 것이 줄어들었다. 아니, 사라졌다고 해도 과언이 아니었다. 기억을 잃었던 주영은 그러한 기중의 태도에 이유도 모른 채 외로울 수밖에 없었다.

하지만 지금의 주영은, 어쩌면 기중의 마음을 조금은 알 것 같다는 생각이 들었다. 그래서 일곱 살짜리 아이의 몸을 하고 있지만 조금 원숙한 질문을 기중에게 하고 있었다.

주영의 질문에 기중은 한참을 생각했다. 어디서부터 어떻게 이야기를 해야 할지 생각하고 있는 것 같았다.

"…밥 먹어."

기중은 남은 밥을 훌훌 떠먹고는 이내 자리에서 일어났다. 터벅터벅 복도로 걸어가는 기중의 뒷모습을 보며 주영은 다시 멀어지는 아빠의 모습을 느꼈다.

앞으로의 부녀지간 모습이 보이는 것 같다. 그렇게 대화를 놓치고 서로의 마음을 듣지 못한 채 멀어질 것이다. 주영은 불편한 가족이 있는 집을 떠나고 싶을 것이고, 기중은 늘 보고 싶고 언제든 돌아와도 된다는 말조차 꺼내기 힘든 지경이 될 것이다.

주영은 기중의 등이 멀어진 곳을 향해 달리기 시작했다. 그렇게 되고 싶지 않다는 생각이 주영의 머릿속을 지배하고 있었다. 누군가는 가족이 지긋지긋하다고 말했다. 또 다른 누군가는 가족이 알고 싶지 않은 걸 공유하는 사이라고 말했다.

주영은 단 한 번도 기중과 이어져 있다고 생각하지 않았다. 얼굴만 닮았을 뿐, 둘 사이를 연결하던 엄마가 사라진 후부터는 기중과 자신 사이에 그 어떤 연결점도 없다고 생각했다. 그것이 기중과 주영의 가장 큰 문제였다.

주영은 장례식장 입구에 멍하니 서서 바람을 쐬고 있는 기중 앞으로 달려갔다.

"나 때문에 그런 거야."

"뭐?"

"엄마… 나 때문에 죽은 거라고."

기중의 눈이 커졌다. 일곱 살짜리 딸이 허겁지겁 달려와 하는 말이 엄마의 죽음이 자신의 탓이라는 말이라니. 혼란스러운 마음에 기중은 천천히 주영에게 다가갔다.

"무슨 소리야? 그게 왜 네 잘못이야?"

"엄마가… 나 때문에 죽은 거잖아. 내가 없었으면 엄마는 그렇게 되지 않았을 거야."

주영은 순간 어둑서니의 말이 맞는다고 생각했다. 모든 기억을 고스란히 가지고 사는 건 고통스러운 일이다. 하지만 이젠 마주해야 하는 일이다.

기중은 주영을 덥썩 붙잡았다. 매우 노여운 표정으로 주영을 바라보고 있었다. 주영은 자신을 보는 이 눈빛이 원망이라 생각했다. 그러나 이러한 원망이 무관심보다는 낫지 않을까 하는 생각도 들었다.

"이주영, 다시는 그런 말 하지 마. 그건… 그건……."

단호하던 기중의 말끝이 흐려졌다. 주영은 고개를 들어 기중을 바라보았다. 자신을 바라보고 있는 기중의 눈빛이 단호함이 아닌 안쓰러움으로 바뀌었다는 걸 알게 되었다. 기중의 눈이 조금씩 벌게졌다. 기중은 애써 울음을 참고 있었다.

"너마저 그렇게 생각하면… 아빠는 더 이상 살 수가 없어. 엄마는 널 구하고 간 거야. 널 남겨 주고 간 거라고. 너 때문이 아니라."

기중은 주영을 품에 끌어안았다. 어깨를 들썩이며 우는 기중의 모습에 주영은 함께 눈물을 흘렸다.

"사고였어. 어쩔 수 없는 사고. 그 누구의 잘못도 아니야. 너마저 잘못됐으면… 아빠는 못 견뎠을 거야. 네가 있어서 아빠가 살 수 있는 거야. 그러니까 그런 생각 하지 마, 제발……."

무슨 말을 더 하려던 기중은 감정에 가로막힌 듯 한바탕 울음을 쏟아냈다.

"미안하다… 그때 너를 혼자 보내지 말았어야 했는데… 그때 내가… 같이 갔어야 했는데……."

그제야 주영은 자신을 보며 불편해하던 기중의 감정이 '죄책감'이라는 걸 깨달았다. 주영을 볼 때마다 자신이 놓친 한 순간을 바라보며 기중 또한 반복되는 후회를 겪고 있던 것이었다.

서로에게 말하지 못한 감정 때문에 몇 번의 생을 방황하며 지냈던 걸까. 주영은 이 상황이 우습기도 했지만 그렇게 보내 버린 시간에 대한 안타까움이 더 컸다.

왜 우리는 이제껏 서로 허심탄회하게 이야기해 볼 생각을 하지 못했을까? 결국엔 그 모든 게 서로를 생각하는 마음에서 비롯되었던 건데. 주영은 자신을 끌어안은 기중의 따뜻한 체온을 느꼈다.

변한 것은 하나도 없었다. 하지만 모든 것이 변하기 시작했다.

*—— 에필로그

깜깜한 밤하늘에 별똥별 하나가 꼬리를 길게 빼고 떨어지고 있었다. 집 앞 평상에 앉아 하늘을 보던 주영이 본 인생 첫 별똥별이었다. 주영에게는 오랫동안 품고 있던 소원이 있었다. 그리운 친구를 다시 만나는 것. 지금이면 소원을 빌어 볼 수 있지 않을까 싶어 두 손을 모으고 두 눈을 꼭 감고 빌었다.

'내 친구들을 다시 한 번 만날 수 있길.'

그때, 우당탕 하는 소리가 창고 쪽에서 들렸다. '벌써?' 라는 생각에 주영은 급히 창고로 향했다. 심장이 빠르게 뛰는 것이 느껴졌다.

불을 켜자 창고 안이 훤히 다 보였다. 주위를 두리번거리던 주영이 바닥에 떨어진 냄비를 보고는 실망했다.

"벼리가 아니었네……."

주영이 떨어진 냄비를 주으려는 순간, 주영의 눈앞에 익숙한 얼굴의 남자아이가 놀란 눈으로 주영을 바라보고 있었다. 눈이 마주친 짧지 않은 순간 동안 마치 시간이 멈춘 듯 둘은 꼼짝도 않고 있었다.

다시 만난 벼리를 보니 주영은 자기도 모르게 왈칵 눈물이 나올 것 같았다. 하지만 주영이 누구인지 전혀 모르겠다는 벼리의 표정을 보자 주영은 선뜻 자신의 감정을 말하기가 망설여졌다.

"넌 누구야?"

벼리가 해맑게 주영을 보며 물었다. 글쎄, 누구라고 할까. 대뜸 기억 안 나냐고 추궁을 해 버릴까, 어떻게 나를 잊을 수 있냐고 우는 척이라도 해 볼까. 벼리를 놀릴 생각에 잔뜩 들떠 있던 주영은 원래 하고 싶었던 말을 하기로 했다.

"나? 네 친구 주영이."

친구라는 말에 벼리는 '친구'라는 단어를 자기 입으로 되뇌어 보았다. 친구… 친구…….

"친구? 난 친구 없는데."

"흐응. 나 벌써 까먹었구나."

주영이 짐짓 새쭉한 표정으로 쏘아보자 벼리가 당황하기 시작했다.

"아니야. 나 기억력 좋은데……."

"그럼 니 이름은 알아?"

"내 이름? 내 이름이 그러니까… 어……."

"니 이름도 모르면서 기억력이 좋다고?"

머리를 긁적이며 생각을 해 보지만 도저히 기억이 안 나는지 벼리는 포기한 듯 주영에게 물었다.

"이상하다. 그럼 넌 내 이름 알아? 넌 내 친구라며?"

주영은 입가에 미소를 지었다. 몇 번이고 기다렸던 순간이었다. 가장 먼저 네 이름을 불러 주겠다고 결심한 이후 쭉 기다려 왔던 바로 그 순간.

"벼리. 니 이름은 벼리야."

"벼리? 내 이름이 벼리라고?"

"응."

주영은 웃으며 벼리에게 한 발자국 다가섰다. 벼리는 자신의 이름이 나쁘지 않은 듯 조그맣게 자기 이름을 되뇌어 보았다.

"벼리… 벼리… 나쁘지 않은데?"

환하게 웃는 벼리의 미소가 보였다. 주영은 조금씩 다시 시작되고 있음을 느꼈다.

*

10년 후, 대학교 정문으로 수많은 학생들이 들어오고, 정문 위로는 '대학 입학을 축하드립니다' 라는 현수막이 커다랗게 걸려 있었다. 설레는 봄의 향기가 만연한 개강 날, 수많은 신입생들이 바쁘게 돌아다니며 첫 수업을 준비하고 있었다. 어색한 듯 서로를 의식하는 학생들은 각자의 자리를 찾아 하나둘 앉기 시작했다.

그 틈에서 스무살 주영이 자기 자리를 찾아 이리저리 움직이며 빈자리를 찾아 앉으려는 순간, 그 옆에 앉으려는 대준과 눈이 마주쳤다.

주영은 그 자리에서 멈춰 서서 스무살 대준을 뚫어지게 바라보았다. 앳된 대준의 얼굴을 보니 자기도 모르게 웃음이 났다. 사실 주영은 대준과의 첫 만남이 정확히 기억나지 않았다. 다만 또렷하게 기억나는 한 가지는 스무살 주영이 스무살 대준을 순수하게 좋아했었다는 사실이다.

대준은 처음 보는 낯선 사람의 시선이 부담스러운지 눈동자만 데굴데굴 굴리고 있었다.

"저… 무슨 하실 말씀이라도……."

어색한 공기가 감도는 신입생들 사이에서 낯선 대화가 들리자 다른 학생들은 호기심에 찬 눈빛으로 대준과 주영을 바라보았다.

대준의 당황하는 모습에 주영은 씨익 웃더니 자리에 앉았다.

"아뇨, 그냥. 그쪽이 제 이상형이라서요. 이따가 끝나고 커피 하실래요?"

주영의 말에 대준보다도 주위 학생들이 더 당황한 눈치였다. 대준은 수줍고 어색한 마음에 뭐라 말도 못 하고 입만 벌린 채 서 있는데 그 모습을 지켜보던 주변 친구들은 재밋거리를 잡았다는 듯 "오오~" 하는 탄성을 쏟아 냈다. 사귀라고 장난스레 외치는 목소리도 들렸다. 대준은 갑작스러운 제안에 당황스럽긴 하지만 싫진 않은 듯 쑥스럽게 웃었다.

*

10년 후, 대준은 분만실 밖에서 초조한 듯 서성이고 있었다. 안에서 들리는 소리에 자신이 할 수 있는 건 아무것도 없었다. 그저 산모도 아이도 건강하고 건강하길 기도할 뿐이었나.

그때 안에서 갓난아기의 우렁찬 울음소리가 들렸다. 간호사가 문을 살짝 열고는 웃으며 대준을 불렀다.

"아버님, 들어오세요."

아버지… 정대준이라는 남자는 남편이 되었고 아버지가 되었다. 대준은 자신이 새롭게 태어난 것처럼 두근거렸다. 아버지로서의 삶의 시작이었다.

주영은 지친 듯 초췌한 얼굴로 품에 아기를 안고 있었다. 아기는 겉싸개에 싸여 울고 있었다. 빨갛고 조그맣고 너무나도 연약해 보였다. 하지만 대준의 눈엔 그 어떤 아기보다 예쁘고 사랑스러웠다.

"진짜… 너무너무… 고생했어. 우리 아기 너무 이쁘다."

감격에 겨운 듯한 대준의 말에 주영은 고개를 끄덕이고 아기를 바라보았다. 아기는 낯선 세상을 받아들이는 의식처럼 우렁차게 울고 있었다.

그때 간호사가 대준을 불러 주의 사항 등을 알려 주었다. 대준이 잠시 밖으로 나간 사이 주영은 울고 있는 아기를 물끄러미 바라보았다.

지금까지 함께했고 앞으로도 함께할 나의 아이. 주영은 울고 있는 아기를 어루만졌다. 아기의 따뜻한 체온이 느껴졌다.

"수인아. 오래 기다렸어. 다시 엄마한테 와 줘서 고마워."

주영의 말에 울던 아기가 조금씩 울음을 멈추고 잠잠해졌다. 주영의 목소리를 알아들었다는 듯.

작가의 말

이 이야기를 쓸 당시 나의 가장 큰 화두는 '어른이란 무엇일까' 하는 것이었다. 나는 과연 '어른'이라고 불릴 수 있는 존재로 나이 들어 가고 있을까? 하루에도 몇 번씩 스스로에게 물었다. 이렇게 철없고 생각 없이 몸만 자란 내가 어른이란 이름으로 아이들에게 해 줄 수 있는 것이 있을까? 내가 어린 시절 느꼈던 어른이란 존재는 아주 대단한 사람이었는데 나는 왜 그렇지 못한 것 같지? 하는 생각으로 지낸 적이 많았다.

그러면서 사람은 생각보다 과거에 얽혀 산다는 걸 깨닫게 되었다. 어린 시절의 상처에 여전히 발목이 잡힌 채 몸은 어른이 되었지만 마음은 충분히 크지 못한 미성숙한 존재들, '그때 그랬으면 좋았을 텐데' '그때 그러지 않았으면 어떻게 되었을까?'를 반복하며 과거의 후회 속에서 한 발짝도 나아가지 못하는 어른아이들을 많이 보았다.

어쩌면 이 이야기를 쓰기 시작한 것도 내 안의 어른아이와 마주하기 위해서인지도 모르겠다. 나이가 들면서 과거의 부끄러웠던 나를 지우기 위해 많은 노력을 했다. 어떤 때는 이런 내 모습이 퍽 어른스럽고 멋져 보이기도 했다. 이런 과정이야말로 '성장'이라고 생각하기도 했다. 사실 그런 척하며 살았던 것임에도 불구하고 말이다.

하지만 결국 살면서 한계를 느끼고 내 곁에 아무도 없다고 느꼈을 때, 비로소 나는 과거의 나와 마주할 수 있었다. 사회적으로 어른처럼 보였던 나는 사실 여전히 어린아이 상태였고, 그것을 인정하기까지 꽤 오랜 시간이 걸렸다.

그래서 '과거로 되돌아간다면 어떨까' 생각해 보는 날이 늘었다. 과거로 돌아가면 나는 어떤 선택을 할까? 공부를 더 열심히 할 것이고, 부모님 말씀을 더 잘 들을 것이고, 기억하고 있는 고통의 지점은 피하려고 하겠지? 그러면 지금과는 전혀 다른 삶을 살 수 있지 않을까?

예전에 친구들과 우스갯소리로, '과거에 그 선택을 하지 않았으면 어땠을까? 지금보다 더 나은 삶을 살지 않았을까?' 하고 농담을 한 적이 있었다. 하지만 한 친구가 했던 확신에 찬 대답이 지금도 생각난다. "아니야, 너는 과거로 돌아가도 똑같은 선택을 했을 거야." 너무나도 잔인한 말이지만 너무나도 위로가 되는 말이었다. 그때 깨달았다. 결국 이 삶은 내가 선택한 거라는 것을. 그리고 나는 다시 돌아가도 똑같은 선택을 할 거라는 것을.

살다 보면 과거의 행동을 후회하는 시간은 필연적으로 찾아온다. 나는 그것이 당신의 잘못이 아니라는 것을 빨리 깨달았으면 한다. 과거의 당신도 꽤 괜찮은 사람이었고 그때 당신이 했던 선택도 나쁘지 않았을 것이다. 과거의 자신과 조금이라도 더 빨리 화해하는 것이 앞으로의 삶을 바꾸는 방법이라는 걸, 이 이야기를 통해 말하고 싶었다. 아무것도 바뀌는 것은 없지만 모든 것이 바뀌게 되는 그 순간을 부디 만날 수 있길 바란다.

이 글을 쓰기까지 너무 많은 도움을 받았다. 가족들에게, 친구들에게, 같이 일하는 분들에게. 마음을 입 밖으로 내지 못하는 무뚝뚝한 성격이라 표현은 제대로 못했지만, 마음속으로 항상 감사하다고 말하고 있었다. 누군가의 곁에 있어 준다는 것이 얼마나 고되고 녹록지 않은 일인지 너무나 잘 알기 때문에, 언제나 나를 알아봐 주고 발견해 주고 이해해 주고 생각해 주는 나의 사람들에게 무한한 감사와 애정을 보낸다. 부디 받아 주시길.

처음으로 책을 출간할 수 있도록 도와준 출판사 관계자 분들에게도 감사 인사를 올리고 싶다. 외롭게 홀로 글을 써 오던 중 함께 작업하는 동료가 생긴 기분이라 든든했고, 내가 잘 모르는 분야라 많이 의지했던 것 같다. 부족한 글이지만 덕분에 완성할 수 있었고 함께해서 진심으로 즐거웠다는 말을 전하고 싶다.

나이가 들다 보니 '오래 살고 볼 일'도 생긴다는 걸 깨달았다. 그러니까 우리, 오늘 못 하면 내일 하고, 이번에 못 하면 다음에 한다는 마음으로 천천히 편하게 가 보면 좋겠다. 부디 다들 가볍게, 무탈하게, 편안하게 지내길 바란다. 언제나 고맙고 감사한 마음을 전하며.

기억을 넘어 너에게 갈게

초판 1쇄 | 2023년 1월 20일
초판 10쇄 | 2023년 12월 23일

지 은 이 | 양은애
펴 낸 이 | 서장혁
책임편집 | 원예지
디 자 인 | 이새봄 이가민
마 케 팅 | 원예지 윤정아 최은성

펴 낸 곳 | 토마토출판사
주 소 | 서울시 마포구 양화로161 케이스퀘어 727호
T E L | 1544-5383
홈페이지 | www.tomato4u.com
E-mail | story@tomato4u.com
등 록 | 2012. 1. 11.
I S B N | 979-11-92603-16-2 (03810)